Raniero La Valle

Gaza delle Genti

Israele contro Israele

bordeaux

www.bordeauxedizioni.it

Impaginazione/Plan.ed
www.plan-ed.it

ISBN 979-12-5963-221-0

Indice

Gaza delle Genti

Abituati da secoli a pensare all'onnipotenza di Dio e alla sua bontà nei termini antropomorfici non ancora riletti dal Vangelo, dopo la Shoah un grande intellettuale ebreo, Hans Jonas, pose un problema nuovo, quale potesse essere «il concetto di Dio dopo Auschwitz», perché, dopo che non aveva impedito Auschwitz, non si poteva più dire che Dio fosse allo stesso tempo buono e onnipotente.

Mentre nuovi eccidi si perpetravano in America Latina, dal cuore della Teologia della Liberazione erompeva un'altra domanda, «quale concetto di Dio durante El Mozote, il Salvador e le nuove Shoah?».

Oggi la domanda è «quale concetto di Dio durante Gaza?»: forse un Dio che ispiri le genti a piangere su Gerusalemme e su Gaza, Hamas a non uccidere Ebrei, Israele a fermarsi sul ciglio dell'abisso, a non trafiggerne mille per uno, noi tutti a rimettere in comunione la Terra e l'umana dignità.

Piangere su Gerusalemme

Non si uccidono i bambini. La memoria storica di Israele sa bene che cosa vuol dire la strage di bambini; è stata la sua invettiva contro Babilonia («Beato chi afferrerà i tuoi piccoli e li sfracellerà contro la pietra»), il suo ricordo della distruzione di Ninive, «la città sanguinaria» («Anche i suoi bambini furono sfracellati»), l'oracolo su Samaria («Periranno di spada, saranno sfracellati i bambini»). È questo il punto più alto della vendetta ed è il miraggio di una vittoria che, attraverso i piccoli si proietta sul futuro. E questo è l'orrore che ha sofferto Israele (e il mondo con esso) dopo il racconto esacerbato dei militari israeliani su ciò che avevano trovato nel kibbutz di Kfar Aza devastato il 7 ottobre 2023 da Hamas (1.417 morti, 240 ostaggi). Ma altrettanto orrore doveva provare il mondo tutto, quando la strage degli innocenti si è abbattuta, in risposta, sull'intera popolazione di Gaza, e di bambini ne sono stati falciati a migliaia, più di quanti bambini sono stati uccisi in conflitti armati a livello globale in oltre 20 Paesi nel corso di un intero anno, come ha calcolato l'organizzazione internazionale *Save the children*. E la conclusione non può essere che una sola: mai più la vendetta, mai più la vittoria nella soppressione dell'altro.

Facciamo allora come Gesù di Nazaret, dinanzi allo scempio che dilania la Palestina, e che è giunto fino allo sterminio di Gaza, diciamolo noi suoi discepoli, anche se non piace ai laici, ai non credenti e ai post-teisti, che si nomini il figlio di Dio in un giudizio politico: ma se non ora, quando?

Apriamo dunque il Vangelo e leggiamo che Gesù, ebreo di Galilea, salendo a Gerusalemme, alla vista della città pianse su di essa dicendo: «Gerusalemme, se tu avessi conosciuto ciò che giova alla tua pace!». Oggi come allora Gerusalemme non ha capito dove fosse la sua pace, e si susseguono guerre su guerre, si aggiunge dolore a dolore, a Gerusalemme e ben oltre Gerusalemme.

Ma chi ha il diritto di piangere? Certamente hanno diritto di piangere gli Ebrei di Israele, quali che siano le colpe che si possano loro imputare, perché quando si subisce l'offesa e la morte, il pianto è l'ultimo potere in mano a ciascuno. E noi piangiamo con loro, tanto più che sappiamo che questa violenza caduta su di loro il 7 ottobre è il salario della vittoria. E piangiamo con i palestinesi, ma il loro non è un pianto nuovo, è un pianto che dura da settantacinque anni.

Aveva vinto Israele, o almeno così credeva, tanto che i partiti religiosi erano saliti al potere, dimentichi dei moniti a «non forzare il Messia», e Netanyahu aveva istituito un «governo di annessione ed esproprio», come ha scritto *Haaretz*, e anche il diritto interno era stato piegato, e le difese allentate, come se la pace fosse stata raggiunta, l'atto di fondazione fosse stato innocente e il problema palestinese fosse ormai cancellato e risolto.

A Israele non era bastato vincere tornando nella terra dei padri. Non era bastato occupare la Cisgiordania, non era bastato riaprire i kibbutz che ne erano stati espulsi, non era bastato aprire le terre occupate ai coloni, non era bastato demolire le case dei palestinesi e segregarli oltre muri e checkpoint, non era bastato salire a sfidarli sulla spianata delle Moschee, non era bastato sigillare le frontiere di Gaza e colpirla di embargo, come poi l'ha affamata, le ha tolto l'acqua e la luce, incurante delle proteste dell'Onu.

Non aveva capito Israele ciò che Raimon Panikkar aveva letto in quei circa 8.000 trattati di pace, scritti anche sui mattoni, che si sono susseguiti nella storia da prima di Hammurabi ai giorni nostri: che la pace non si raggiunge mai con la vittoria, tanto che le religioni indiane dicono che la vittoria dei buoni (siano gli Dei, o Dio o i credenti) non porta mai alla pace. Mai! Perciò Israele ha dovuto piangere sulla sua vittoria e il male è che, ciò nonostante, nella sua risposta a Gaza ancora una volta ha fatto della vittoria il suo idolo, l'ha chiamata difesa, ed è stato un genocidio. A piangerne, nella sua tomba, sarà stato anche il premier Rabin, che al suo popolo voleva dare e stava per dare un'altra pace, fondata sulla riconciliazione e sul rispetto l'uno del volto dell'altro (secondo l'invito dell'ebreo Lévinas), israeliani e palestinesi insieme: ma prima che la pace fiorisse, e perché non fiorisse, fu abbattuto da fuoco amico. Ha scritto Alì Rashid, palestinese a Roma: «Come in una "discarica", sono finiti a Gaza gli abitanti della costa meridionale della Palestina, vittime della pulizia etnica. Secondo i nuovi storici israeliani, per svuotare ogni città o villaggio palestinese furono compiuti piccoli o grandi massacri, lo stesso è avvenuto nei luoghi dove sono sorte le nuove città e insediamenti intorno a Gaza che sono stati teatro degli ultimi eccidi compiuti da noi palestinesi. Mi addolora il fatto che abbiamo adottato il terrore e l'orrore che abbiamo subìto per affermare il nostro impellente diritto alla vita. Ma questa catena di morte è inarrestabile? Eppure una volta eravamo fratelli».

Noi dunque piangiamo con Israele e con la Palestina su Gerusalemme, la città divisa che pur unisce due popoli nel dolore, e li abbracciamo nello stesso amore. Ma non così possono piangere quanti hanno concorso e concorrono alle sciagure di oggi, e non solo in Israele, facendo propria e promulgando senza remore l'ideologia della vittoria, incurante della giustizia e tributaria solo della forza.

Allo stesso modo piangiamo sull'Ucraina, fatta vittima dai suoi stessi alleati, custodi e despoti, che le hanno promesso la vittoria sulla Russia e trascinata all'olocausto, per una causa che nemmeno si può adornare di motivi ideali, in null'altro consistendo che in un'alleanza militare.

E non vorremmo che si dovesse piangere un giorno sull'America, perdente nel suo titanico progetto di abbattere la Cina e di messianico (anche lei!) dominio sul mondo, invece che intenta a tessere legami di fraternità e di diritto tra tutti i popoli.

E un impossibile sogno di vittoria è anche quello agognato dall'Occidente sul «resto del mondo», quale vive nelle esaltazioni degli apologeti dei nostri ineguagliabili valori, che di pianto sono stati larghi dispensatori nei secoli, e ne provvedono ancora.

La Gaza liberata

Era il 15 agosto 2005 quando l'allora primo ministro di Israele, il famoso Ariel Sharon, annunciò in un discorso alla Nazione il ritiro di Israele da Gaza, che è il vero precedente della tragedia attuale. Si tratta dell'evento storico che Paolo Mieli racconta oggi come «Gaza liberata», l'evento che i coloni di allora interpretarono come un tradimento, e che di fatto fu un'operazione di pulizia etnica al contrario, attuata per separare israeliani e palestinesi nel più incandescente e incontrollabile dei territori occupati.

Sharon, che venne esecrato da molti dei suoi fino a essere raffigurato con la divisa nazista (accusa di nazismo che viene rivolta a tutti i supposti nemici di Israele) dette al suo annuncio la forma più solenne.

> «Israeliani – disse – il giorno è giunto. Diamo ora inizio alla fase più difficile e dolorosa: l'evacuazione delle nostre comunità dalla Striscia di Gaza e dal nord della Samaria. Per me, si tratta di un momento particolarmente difficile. Il go-

verno israeliano ha deciso di procedere al disimpegno a malincuore, e la Knesset non ha certo approvato tale decisione a cuor leggero [...]. Gaza non poteva rimanere nostra per sempre: ci abitano oltre un milione di palestinesi, un numero che raddoppia a ogni generazione. Vivono in campi profughi affollati all'inverosimile, immersi nella povertà e nello squallore, in focolai di odio crescente, senza nessuna sorta di speranza all'orizzonte. Questa decisione costituisce un segno di forza, e non di debolezza. [...] Il piano di disimpegno unilaterale, che annunciai circa due anni fa, rappresenta la risposta israeliana a questa realtà. Il piano rientra nell'interesse di Israele, qualsiasi cosa possa succedere in futuro[...]. I disaccordi emersi sul piano di disimpegno hanno provocato ferite profonde, inasprito l'odio tra fratelli e portato a dichiarazioni e azioni gravi. Io capisco tali sentimenti, il dolore e il pianto di chi è contrario [...]. Residenti della Striscia di Gaza: finisce oggi un capitolo glorioso nella storia di Israele, e un capitolo fondamentale in quella delle vostre vite come pionieri [...]. Il vostro dolore e le vostre lacrime costituiscono una parte indissolubile della storia del nostro paese [...]. Credetemi, il dolore che provo compiendo questo atto è pari soltanto all'incrollabile convinzione che fosse assolutamente necessario».

Ci vollero poi i soldati per costringere i coloni ad abbandonare i loro kibbutz a Gaza e a rientrare in Israele.

Di fronte alla decisione israeliana, si discusse in tutto il mondo se si trattasse di una svolta storica verso la pace oppure di una mossa cinica volta a liquidare definitivamente la questione palestinese.

Di per sé, si trattava di una cosa inaudita. È vero che già era avvenuto una volta che Israele si ritirasse da un territorio conquistato con le armi: era successo col Sinai, restituito all'Egitto dopo la guerra del '67. Ma quello era un deserto, e non era considerato né terra palestinese né parte integrante di Israele. Gaza fa invece parte di quella mitica terra che si stende dal Mediterraneo al Giordano, che viene definita «terra d'Israele» e su cui, come stava scritto in solenni documenti del partito di governo, non avrebbe dovuto esistere alcuna sovranità che non fosse quella di Israele. È, come aveva detto Sharon, la terra promessa che «è degli Ebrei e loro soltanto». È la medesima terra su cui avrebbe dovuto sorgere lo Stato palestinese, secondo l'ipotesi di «due popoli in due Stati», che Israele non ha mai voluto accettare.

La domanda che ci si pose allora fu se il ritiro da Gaza volesse dire che questa soluzione diventasse possibile. La nostra risposta fu allora che purtroppo non fosse così. Il disegno di Sharon era proprio l'opposto: chiudere la questione palestinese, ponendo termine a ogni processo di pace, e assegnando definitivamente a Israele il possesso di tutto il resto dei territori palestinesi. Separati a Gaza, anche in Cisgiordania i palestinesi sarebbero stati separati da Israele con il muro e con tutti gli altri sbarramenti da cui erano circondati, rinchiusi in ghetti e riserve incomunicanti tra loro e con Israele.

Le prove di questa lettura, che sarebbe poi stata confermata dai fatti, erano numerose; il ritiro israeliano era unilaterale, era stato deciso senza nessun dialogo o trattativa con i palestinesi, che pure ne avrebbero dovuto essere i beneficiari («Gaza liberata»!), e anzi proprio a Gaza da mesi essi erano sottoposti a bombardamenti, distruzioni ed eccidi.

Tuttavia la novità stava in questo: che col ritiro da Gaza veniva a cadere la motivazione ufficiale con cui Israele aveva giustificato l'occupazione dei territori palestinesi e l'installazione delle colonie; vale a dire che esse sarebbero servite a garantire la sicurezza di Israele. Almeno per quanto riguarda Gaza, al contrario, Sharon ammetteva che le colonie non solo non erano una difesa, ma anzi per Israele causa di massimo pericolo; sicché è proprio sgombrando queste colonie che lo Stato ebraico sarebbe stato più sicuro.

Ma allora, se cadeva il motivo della sicurezza, qual era la ragione di mantenere l'occupazione e gli insediamenti in tutta la Palestina fino al Giordano?

La ragione era che al potere in Israele era insediata una versione del sionismo che considera tutta la terra fino al Giordano una eredità irrinunciabile del popolo ebreo e il suo possesso come inizio della redenzione. Lo Stato di Israele viene inteso come realizzazione del messianismo ebraico. Perciò i coloni e i partiti religiosi erano furibondi con Sharon e accusarono proprio lui di essere un antisemita, un traditore e addirittura un nazista: perché rinunziando a un pezzo sia pure non dei più pregiati della terra di Israele, si sarebbe posto fuori e contro l'identità storica e religiosa del popolo ebreo; a tal punto che il rabbino Avraham Shapira ingiunse ai soldati di disobbedire agli ordini di sgombero da Gaza, dicendo che far rientrare i coloni in Israele sarebbe stato come sconsacrare il sabato o non mangiare cibo kosher, cioè sarebbe stato come violare i principi più sacri dell'ebraismo. Perciò, e non per un semplice dissenso politico, si è fatta balenare la minaccia che Sharon potesse essere ucciso come Rabin.

Senza dubbio Sharon dette prova allora di grande coraggio; ma purtroppo questo coraggio non venne investito per la pace e per una riconciliazione col popolo palestinese, ma per un più agguerrito e definitivo dominio. Sharon era prigioniero della stessa cultura dei suoi avversari, e della politica degli insediamenti che egli stesso per anni aveva condotto. Come scrisse David Grossman, egli si è trovato a lottare contro la realtà da lui stesso creata.

Perché questa politica potesse rovesciarsi in una politica di pace, non bastava che subisse una variazione tattica, come era il ritiro da Gaza; il cambiamento avverrà – era chiaro già allora – quando questa politica passerà attraverso una vera conversione, che sia anche una conversione culturale e religiosa dell'intera società israeliana, e quando una nuova classe dirigente ebraica, capace di amare non solo Israele ma anche i suoi vicini, secondo la più alta tradizione del profetismo ebraico, riuscirà ad assumere la direzione dello Stato.

Un altro Israele?

Che il ritiro di Israele non rappresentasse per Gaza una liberazione ma piuttosto una prigionia e un assedio era dimostrato ben presto dalle condizioni di vita nella Striscia e dalle ostilità che andarono crescendo tra Israele e Hamas, provocando una radicalizzazione nel conflitto di entrambe le parti. Di fatto Israele mantenne il controllo dello spazio aereo, delle acque territoriali, dell'accesso all'off-shore marittimo, ha gestito l'anagrafe della popolazione, la decisione sull'ingresso degli stranieri, sulle importazioni, le esportazioni e il sistema fiscale.

Le due storie diverse della comunità palestinese a Gaza e in Cisgiordania contribuirono poi a separare e contrapporre Hamas che aveva preso il controllo della Striscia e l'Autorità palestinese installata a Ramallah, la prima disperata fino al terrorismo, la seconda azzardata fino a tentare il negoziato. E i ragazzi dell'una e dell'altra parte a scagliare pietre contro i carri armati israeliani, cadendo uccisi per questo.

E non mancarono gli episodi più emblematici come la cosiddetta operazione «Piombo fuso», che Israele lanciò contro Gaza alla fine del 2008. In quell'occasione la saldatura tra religione e Stato fece sì che si dovette chiedere l'autorizzazione dei rabbini per cominciarla nel giorno di sabato, il 27 dicembre; e nel maggio 2010 quando gli incursori israeliani attaccarono la flottiglia pacifista (la «Freedom Flotilla») che per portarvi aiuti umanitari voleva rompere il blocco di Gaza, la legittimazione per l'abbordaggio in acque internazionali fu che quella era comunque terra d'Israele.

Fu quello un atto di pirateria, però compiuto da uno Stato sovrano: la distinzione di Sant'Agostino tra l'Imperatore e il pirata, l'uno, imperatore perché corre il mare con una grande flotta, l'altro pirata perché lo fa con un piccolo vascello, era venuta a cadere. Fu un atto violento, tecnicamente fallimentare, perché conclusosi con un gran numero di morti tra gli aggrediti inermi, che secondo Israele nemmeno si sarebbero dovuti difendere a mani nude. Fu un abuso di sovranità, perché esercitato per impedire l'accesso alle coste di Gaza, che non erano le coste d'Israele. Fu la prova del fatto che Israele considerava ormai acquisiti come propri tutti i territori della Palestina e di Canaan, dal mare al Giordano, occupati e no, e quindi che per quanto lo riguardava la partita era chiusa, il processo di pace era finito e mai si sarebbero potuti avere due Stati per due popoli.

Ma proprio quella presunzione che tutto fosse ormai finito, faceva sorgere un interrogativo: sarebbe possibile che pur all'interno della fede ebraica lo Stato d'Israele presentasse un volto diverso, praticasse una politica tollerante e pacifica e non configurasse la propria identità sul modello dell'antico condottiero Giosuè, che secondo l'autore biblico votò allo sterminio Gerico e tutte le città della Palestina, da Gaza a Hebron alla valle del Libano, alla Transgiordania?

Sì, sarebbe possibile. Un simile cambiamento si è già avuto del resto in molti altri Stati e religioni. A cominciare dal nostro «regime di cristianità».

Il sabato di guerra

Per dire il vero non è stato facile per noi in Occidente uscire dal regime di cristianità, cioè da quel tentativo di unire insieme storia sacra e storia profana, nel quale lo storico austriaco Friedrich Heer, ben noto a papa Francesco, ha identificato «lo Stato totalitario europeo da Costantino a Hitler», di cui Carlo Magno è stato «il patriarca». Né il regno dei principi cristiani è stato più clemente dello Stato di Israele nei confronti dei suoi nemici, a cominciare dagli arabi musulmani, per non parlare del genocidio degli Indiani d'America, a opera di Cortés, di Pizarro, dei coloni del West, che insieme alle malattie provocarono la morte dell'85-95 per cento di quelli che erano chiamati i «nativi», sicché in termini assoluti, il numero delle vittime, tra il Cinquecento e il Novecento, è stato stimato tra 55 e oltre 100 milioni di persone.

Per questo è pertinente chiedersi in che modo i cristiani come tali si siano rapportati in questi anni alla vicenda del conflitto tra Israele e palestinesi in Terra Santa.

Se ne trova una lettura in un documento che fu pubblicato da un movimento allora esistente, «Sinistra cristiana Laici per la giustizia», nel corso dell'operazione «Piombo Fuso» del 2009, intitolato *Sabato di guerra: Stato ebraico, Hamas e Occidente*.

> «Con dolore – diceva il documento – la Sinistra Cristiana dichiara la propria impotenza, come del resto è di tutti, di fronte alla tragedia della guerra su Gaza. È giusto fare manifestazioni di protesta, presidi, appelli e cortei, è necessario che i governi esercitino una risoluta pressione su Israele, ma non è possibile fare molto di più. Il problema supera infatti le attuali capacità della politica e forse della stessa cultura dell'Occidente. È il problema del rapporto di Israele con le nazioni, ed è quello dei rapporti delle grandi potenze mondiali, e segnatamente degli Stati Uniti, con i popoli «non allineati» e i soggetti politici non obbedienti. Perché i palestinesi possano vivere, Israele non perda se stesso, l'Occidente ritrovi la strada e ci sia la pace, tali rapporti devono essere radicalmente cambiati.
>
> Resta però il dovere della verità, la cui efficacia politica, benché ignota ai più, è superiore a quella della propaganda e della menzogna. Tale dovere comporta che niente sia taciuto delle cose che pur nel diluvio delle informazioni restano nascoste.

Lo Stato di Israele ha cominciato la sua nuova guerra contro i palestinesi detta «piombo fuso» in giorno di sabato, nella festa delle luci di Hanukkah. Poiché si trattava di violare il Sabato, il governo e le forze armate israeliane hanno chiesto e ottenuto dai rabbini l'autorizzazione a tale violazione. Riguarda gli Ebrei la questione se i rabbini potessero sospendere in questa occasione l'osservanza della Torah e anche se la motivazione per rompere questo comandamento potesse essere l'urgenza di bombardare la popolazione di Gaza. Ma riguarda ogni coscienza religiosa e gli stessi principi del diritto moderno il fatto che nella catena delle cause di una guerra che ha preso le forme di un eccidio, ci sia una decisione dei rabbini.

Ciò ricorda l'unicità dello Stato di Israele, che è uno Stato ebraico. Esso non vuole essere solo lo Stato degli Ebrei, ma uno Stato ebraico inteso, nonostante la lezione della modernità, come il luogo nel quale si realizzi la fede dei padri.

Lo Stato di Israele ha tutto il diritto di essere preso sul serio quando si proclama uno Stato ebraico e, anche da posizioni differenti o critiche deve essere accolto e rispettato come tale. Ciò significa però che fino a quando gli altri protagonisti della comunità internazionale, a cominciare da quelli del quartetto (gli Stati Uniti, l'Unione europea, la Russia e le Nazioni Unite) e dai famosi redattori delle «road maps», ossia la tabella di marcia per risolvere il problema palestinese, fingeranno di trattare Israele come se fosse uno Stato qualsiasi, nessun problema potrà essere risolto.

Ciò soprattutto riguarda due questioni cruciali. La prima è che per mantenere questo suo carattere, così come oggi viene concepito, lo Stato di Israele non può ammettere una maggioranza non ebraica nei propri confini. Ciò comporta che Israele non possa essere forzato a dare attuazione al diritto al ritorno dei palestinesi espulsi; ma comporta allora che il diritto dei palestinesi sia altrimenti e compensativamente adempiuto e che a loro sia tolta la qualità di rifugiati e sia restituita la dignità di cittadini, o come residenti in uno Stato palestinese o come da esso assunti e tutelati. La creazione di un vero Stato sovrano palestinese toglierebbe pertanto a Israele l'incubo del ritorno di una moltitudine di profughi.

Il mantenimento della natura ebraica dello Stato comporta altresì che i diritti della minoranza non ebraica siano protetti dall'ordinamento con particolari cautele, nel rispetto delle condizioni di pari dignità ed eguaglianza. È evidente tuttavia che ciò sarebbe tanto più difficile quanto più fossero estesi i confini dello Stato, perché in tal caso la natura ebraica dello Stato potrebbe essere preservata solo mediante il ricorso a metodi non democratici.

La seconda questione riguarda il rapporto tra Israele e la terra. Se l'ebraicità dello Stato viene interpretata nel senso di un diritto irrinunciabile alla sovranità sulla intera terra detta biblicamente «terra di Israele», dal mare al Giordano (se non oltre, secondo letture massimaliste del testo sacro) Israele non potrà accettare la soluzione dei due popoli in due Stati, su una terra equamente spartita, e non potrà ritenersi realizzato se non nel possesso degli interi territori. Questo renderebbe impossibile l'accettazione di Israele da parte dei vicini arabi e dei residenti palestinesi e condannerebbe Israele ad affidare per sempre la propria persistenza e sicurezza alla forza militare e al gioco d'azzardo della guerra. E anche se storicamente a decidere le contese tra i popoli, come rivendicano i realisti, è sempre stata la forza, non vi è nessuna garanzia che la forza faccia prevalere la soluzione giusta né che i rapporti di forza saranno per sempre favorevoli a Israele e ai suoi alleati, in un mondo in rapida trasformazione. Il mito di uno Stato di Israele che sopravvive solo grazie alla ragione della forza e alla propria capacità di combattere è pertanto contrario alla ragione e rappresenta il più grande pericolo per Israele.

Riguardo ad Hamas occorre denunciare il fatto che con i suoi attacchi plateali e militarmente inoffensivi contro le città israeliane non ha fatto che rafforzare questo mito, dando a Israele l'occasione di scatenare di nuovo la sua potenza militare. Il movimento islamico non solo si è assunto la responsabilità morale di puntare ancora una volta su una soluzione violenta, alimentando la spirale mimetica della guerra, ma ha compiuto un gravissimo errore politico che ha messo a repentaglio l'intera popolazione palestinese, dopo averla politicamente divisa e averle fatto perdere molte delle amicizie che essa aveva nel mondo.

Che Israele ne approfittasse era possibile, ma non era affatto legittimo né necessario. Lo Stato non aveva alcun bisogno di essere salvaguardato in questo modo. Che tra i moventi dell'aggressione israeliana vi fosse, come da più parti è stato detto, una opportunità elettorale per i ministri e i partiti in carica, è un'ipotesi atroce che avrebbe dovuto essere in ogni modo scongiurata ed esclusa. Occorre dire con estrema fermezza che una democrazia in cui per vincere le elezioni c'è bisogno di un certo numero di morti palestinesi, non solo è una cattiva democrazia, ma non è affatto una democrazia; non le elezioni sono la democrazia, ma i valori e i diritti umani storicamente e costituzionalmente riconosciuti per la cui attuazione si chiede il voto, sono la democrazia. Altrettanto è a dirsi se lo scopo fosse stato quello di un avvertimento a Obama.

Pertanto senza un profondo cambiamento Israele rischia il suicidio, non solo contro la sua stessa esistenza fisica, ma contro la sua tradizione più antica e le sue conquiste moderne sul terreno della civiltà e del diritto. L'ebraismo, di cui è parte così significativa la componente profetica, è in grado di offrire l'esempio di una fede in pace e in dialogo con tutte le religioni e le culture, senza cedere al ruolo di una «religione civile», secondo il cattivo modello di marca occidentale di un cristianesimo ridotto a figura identitaria e conflittuale al modo di Marcello Pera, di Oriana Fallaci e dell'ex presidente Bush.

Il superamento dei fondamentalismi religiosi e delle idolatrie politiche è in effetti un problema di portata generale che mette in questione tutti, e senza dubbio anche le nostre Chiese. Ma insieme sarà più facile uscirne.

Su queste tematiche la Sinistra Cristiana propone di aprire una linea di riflessione, di confronto e di dibattito tra le forze politiche, democratiche e di sinistra, le comunità, le scuole di pensiero, gli operatori di pace e i laici per la giustizia».

Questo documento uscì a Roma, nell'Epifania del 2009.

«Non è permesso di ricorrere a posizioni teologiche bibliche per farne uno strumento a giustificazione delle ingiustizie». E in modo ancora più esplicito: «Non ci si può basare sul tema della Terra Promessa per giustificare il ritorno degli Ebrei in Israele e la espulsione dei palestinesi»: la prima affermazione è contenuta nel Messaggio al Popolo di Dio (cioè a tutto il mondo) del Sinodo dei Vescovi per il Medio Oriente che si è tenuto a Roma dal 10 al 24 ottobre del 2010; la seconda affermazione è dell'Arcivescovo greco-melchita Cyril Salim Bustros, che nella Sala Stampa vaticana ufficialmente l'aveva presentato e spiegato.

Questa cosa nessuna Chiesa l'aveva mai detta. Che la Bibbia possa ispirare la condotta dei dirigenti di uno Stato nessuno l'ha mai contestato. Ma che la Bibbia possa essere l'origine di una sovranità moderna, prendere il posto di una Costituzione, legittimare occupazioni militari, colonizzazioni ed espulsione di popolazioni autoctone, non è normale, e tuttavia questo nessuno l'aveva mai contestato a Israele. È per questo che le reazioni del governo israeliano prima ancora che di veemente protesta, furono di stupore. Perché da sessant'anni si faceva finta di niente. La finzione che Israele fosse uno Stato come gli altri, anzi l'unico Stato democratico della zona, che il conflitto con i palestinesi fosse un semplice conflitto territoriale e che il famoso processo di pace comportasse solo problemi politici che chissà perché nessuno riusciva mai a risolvere, è stata una finzione sempre adottata da tutto l'Occidente e da tutte le Chiese. Troppo difficile era affrontare il nodo vero, per la paura che ciò potesse gettare un'ombra sul rapporto con gli Ebrei, con tanta fatica e con grandissima gioia ricomposto dopo gli orrori delle persecuzioni antisemite e lo scempio della Shoah.

Perfino nel documento di riconciliazione con gli Ebrei del Concilio Vaticano II, *Nostra Aetate*, la questione era rimossa, fino al punto che la parola «Israele», per la difficoltà di coniugare la sua valenza teologica (l'«Israele di Dio») e la sua attuale significazione politica (lo Stato d'Israele) non era mai adoperata.

Ma questo silenzio sulla componente religiosa della questione israeliana se era di tutto l'Occidente e di tutte le Chiese, non lo era affatto degli Ebrei, sia d'Israele che del mondo intero. La questione della legittimazione e della identità ebraica dello Stato d'Israele, del significato religioso del sionismo politico, della sua compatibilità o contrasto col sionismo religioso, in effetti ha dominato il dibattito ebraico dall'inizio del Novecento ed è sempre aperta, tanto che il governo israeliano nel 2010 aveva tentato una nuova forzatura inserendo nella legge sulla cittadinanza una norma, poi abbandonata, che avrebbe obbligato ogni nuovo cittadino israeliano non ebreo a prestare giuramento a Israele «Stato ebraico e democratico».

In questa situazione è un po' paradossale che il ministero degli esteri israeliano avesse replicato al Sinodo che il riferimento alla Terra Promessa «non è mai stata la politica di alcun governo in Israele»: l'espansione delle colonie nei territori occupati non ha in effetti altra ragione che questa.

Dunque era cominciato «un momento di verità»? Forse esso non sarebbe mai arrivato se quasi un anno prima l'iniziativa non fosse venuta da cristiani – laici pastori e vescovi – di tutte le Chiese cristiane della Palestina, attraverso un documento *Kairós Palestina*, indirizzato a tutte le Chiese. Si tratta di un documento che voleva essere «un momento di verità: una parola di fede, speranza e amore dal cuore della sofferenza palestinese» che tra i primi firmatari aveva l'ex patriarca latino di Gerusalemme Michel Sabbah, il vescovo luterano Munib Younan, l'arcivescovo ortodosso Atallah Hanna, seguiti poi da centinaia di esponenti del laicato cristiano, reso pubblico l'11 dicembre 2009 a Betlemme, e pochi giorni dopo, il 15 dicembre, fatto proprio da tutti i patriarchi e capi delle Chiese di Gerusalemme, da quelli ortodossi a quello latino, al greco-cattolico, a quello maronita, al vescovo luterano, a quello anglicano, all'esarca armeno cattolico.[1] In esso, senza mai mettere in discussione l'esistenza dello Stato di Israele, e sostenendo la soluzione dei due popoli in due Stati, si poneva esplicitamente la questione che attraverso un uso distorto della Bibbia da parte di Israele, «la buona notizia dello stesso Vangelo è diventata una minaccia di morte per noi». In questione non era dunque solamente la nuda vita del popolo palestinese: in questione era lo stesso kerigma, cioè il nucleo fondamentale della fede, sia quello cristiano che quello ebraico.

---

[1] *Kairós Palestina, Un momento di verità – Una parola di fede, speranza e amore dal cuore della sofferenza dei palestinesi*, Edizioni Messaggero Padova, Edizioni Terra Santa, Pax Christi Italia, 2010. «*Kairós*» in greco è il tempo favorevole, il momento che va afferrato prima che passi.

Per questo la Chiesa cattolica nel Sinodo dei Vescovi, che nel documento preparatorio ancora una volta aveva derubricato il conflitto a questione politica senza implicazioni ecclesiali, se ne fece carico e pose il problema alla luce del sole davanti a tutti. L'ecumenismo, la coniugazione dei carismi di laici e gerarchie ecclesiastiche di tutte le Chiese più direttamente coinvolte, sono arrivate là dove una Chiesa da sola non aveva osato arrivare.

Kairós Palestina era un documento bellissimo e tragico. Era bellissimo anzitutto per la sua intrinseca natura; era infatti un documento di Chiesa, ma non era un'enciclica, non una lettera pastorale, non un testo sinodale, non era nemmeno una dichiarazione di teologi; in altre parole non derivava da alcuna specifica autorità costituita, abilitata a parlare in nome della Chiesa, ma era la Chiesa stessa che parlava con autorità: erano cristiani, pastori e vescovi di tutte le confessioni, laici e clero, uomini e donne, singoli e associati che prendevano la parola e poi tutti i Patriarchi e Capi delle Chiese di Gerusalemme che avevano fatto propria questa parola, l'avevano convalidata con il loro carisma e trasformata in un messaggio rivolto a tutte le persone, cristiani e no, e a tutti i responsabili del mondo.

In secondo luogo questo documento era bellissimo perché iniziava con una descrizione realistica e fedele degli eventi in cui si riassumeva l'intollerabile ingiustizia e sofferenza del popolo palestinese straziato dall'occupazione israeliana, ma poi offriva di questa situazione una lettura tutta interna a una radicale opzione evangelica di coraggio e di fede, di resistenza e di amore, di non violenza e insieme di discernimento e denuncia del male. Se, come dice la Costituzione *Dei Verbum* del Concilio, la rivelazione consta di eventi accompagnati da parole, che ne svelano il significato profondo, questo straordinario documento di Chiesa appariva con la forza e il sapore di una parola rivelata e perciò, se in tal modo ascoltata e ricevuta, capace di produrre dei frutti.

Nello stesso tempo questo era un documento tragico, perché esso stesso si qualificava come «un grido di speranza in assenza di ogni speranza». Restava naturalmente la speranza teologale, ma umanamente, politicamente la situazione appariva bloccata, senza uscita, di speranza non se ne vedeva neanche un barlume, e il realismo dell'analisi non lasciava spazio ad alcuna concessione consolatoria: in Palestina era ed è in atto una tragedia, e questa tragedia è destinata a durare, almeno fino a quando il futuro sarà la proiezione e lo sviluppo della situazione presente; anzi il passare dei giorni aggrava la situazione, come è accaduto da quando per effetto del muro la Palestina occupata, da prigione a cielo aperto controllata a vista al modo del «panottico» descritto da Michel Foucault, è stata trasformata in un agglomerato di celle separate tra loro e chiuse da lucchetti chiamati checkpoint.

Le modifiche che sono state apportate alla stessa configurazione fisica dei luoghi, la giustapposizione di nuove città israeliane a vecchie città arabe e il modo in cui Israele ha concepito la sua sicurezza in termini di colonie-presidi militari disseminati nelle aree abitate dai palestinesi, hanno creato una situazione del tutto artificiale, manufatta, orwelliana, che non si può conciliare con la vita, con la naturalezza del vivere, e non permette più soluzioni semplici, comprensibili da tutti, come quella riassumibile nella formula «due popoli, due Stati». I due Stati, per come era stata concepita nei negoziati la loro convivenza, sarebbero stati intersecati l'uno nell'altro, fisicamente inestricabili, con uno Stato palestinese disposto a macchie di leopardo tra territori e insediamenti israeliani, anch'essi estraniati e isolati, in una sorta di confederazione multinazionale di riserve indiane e di ghetti; e per di più con la proibizione ai profughi palestinesi di farvi ritorno. Come ha scritto nel suo «Diario» dell'Intifada Mouna Hamzeh-Muhaisen, una giornalista palestinese che viveva in un campo di rifugiati presso Betlemme, i Palestinesi non possono accettare «accordi di pace che hanno trasformato questo luogo in uno stato dell'apartheid, in un bantustan, in una Cisgiordania divisa in 200 isolotti separati l'uno dall'altro»; ciò che ne risulta, come lei ha scritto, è «che non posso andare a Hebron senza passare per le colonie, non posso andare all'inferno senza passare per le colonie. Ogni città e ogni villaggio palestinese è circondato da colonie».

Ciò ha reso impossibile la *vita quotidiana* dei palestinesi nei Territori occupati, fino all'attuale disperazione di Gaza, fino all'orrendo attacco di Hamas, alla risposta senza pietà di Israele.

Tuttavia il documento delle Chiese in Palestina era altamente positivo perché permetteva di guardare al fondo delle cause, e mostrava la chiave capace di aprire i lucchetti e soprattutto lo scrigno prezioso di quella che un giorno potrà essere la pace.

La causa, ricordava il documento, è un'ingiustizia politica perpetrata ai danni del popolo arabo-palestinese quando «l'Occidente ha tentato di fare ammenda per ciò che gli Ebrei hanno subìto nei Paesi europei, ma ha fatto ammenda – dicono i palestinesi – per conto nostro nella nostra terra. Hanno tentato di correggere un'ingiustizia e il risultato è stato una nuova ingiustizia».

A monte di questa ingiustizia politica c'è dunque un evento supremo e inaudito, che è stato la Shoah, un evento che non può essere rimosso né ripagato, e per questo le ingiustizie seguite a quella prima ingiustizia sono state poi tollerate se non avallate dalla comunità internazionale e coperte anche dal silenzio delle Chiese.

Il documento dei cristiani palestinesi cercava di rimuovere ambedue queste omertà, ma non chiedeva l'impossibile perché esso stesso si faceva carico della tragedia ebraica, non chiedeva il ritorno alla situazione di prima. Il valore anche spirituale di questo testo stava proprio nel fatto che univa alla radicalità dell'analisi il realismo magnanimo delle soluzioni possibili, non contrastanti con l'amore. Certo, l'occupazione ebraica della Palestina non era accettata in via di principio, e ne veniva contestata sia la legittimazione politica originaria sia il fondamento religioso e teologico, mentre sullo sfondo restava il sogno di una convivenza tra i due popoli e le tre religioni in uno Stato che non fosse religioso, ebraico o islamico, ma «uno Stato per tutti i suoi cittadini, con una visione costruita sul rispetto della religione, ma anche sull'uguaglianza, la giustizia, la libertà e il rispetto del pluralismo e non sul dominio di una religione o di una maggioranza numerica»; tuttavia, espressa questa speranza, per così dire, maggiore, tutto il documento era costruito sul riconoscimento dell'esistenza dello Stato di Israele, a cui chiedeva parità di diritti per i cittadini israeliani palestinesi al pari di «tutti gli altri cittadini dello Stato», a cui offriva la pace nella convivenza sulla stessa terra, e a cui chiedeva la cessazione dell'occupazione. E qui la sapienza del documento stava nel fatto che la fine dell'occupazione che veniva rivendicata era chiamata non occupazione «*della* Palestina» ma occupazione «*in* Palestina», per distinguere la parte dal tutto; e sottolineava il documento che ciò che contraddiceva alla pace, quando «tutti parlano di pace in Medio Oriente e di processo di pace, mentre pace non c'è», era la realtà «di una occupazione di Israele nei Territori palestinesi, di una sottrazione della nostra libertà e tutto ciò che ne consegue»: è questo che bisognava rimuovere, ed è ben noto che anche secondo il diritto internazionale vigente quei Territori erano e restavano «territori occupati».

I cristiani palestinesi chiedevano pertanto una cosa realistica e possibile, come quella che almeno ufficialmente chiedeva quasi tutta la comunità internazionale, il ritiro di Israele dai Territori occupati così che si potesse fare spazio a due popoli nella stessa terra, che «è la terra di Dio come tutti i luoghi del mondo», e con Gerusalemme condivisa. Doveva essere poi la politica a dire – il documento ecclesiale se ne asteneva – se ciò dovesse avvenire secondo la formula dei «due popoli in due Stati».

Dove stava dunque l'impossibilità? Dove il chiavistello alla speranza?

C'è in effetti una ragione profonda per cui non se ne viene fuori, per cui non ci si può fare illusioni, per cui «sappiamo – dicevano le Chiese palestinesi – che non siamo ancora vicini alla fine», per cui «nel presente e nel futuro» non si vede altro «che rovina e distruzione».

La ragione sta nel fatto che l'ingiustizia politica è anche un'ingiustizia religiosa, sorretta da una potente visione religiosa e fondata su una certa lettura della Bibbia, che fa sostenere come voluta da Dio e oggetto della sua promessa questa realizzazione dello Stato ebraico in terra d'Israele, e ciò anche al prezzo dell'ingiustizia imposta da un popolo a un altro popolo, al prezzo della stessa «esistenza di cristiani e musulmani palestinesi», in modo tale, essi dicevano, che «la buona notizia dello stesso Vangelo è diventata una minaccia di morte per noi».

Ciò deriva da una «interpretazione biblica fondamentalista» che semina morte e distruzione, dà una copertura teologica all'ingiustizia, riduce la religione a ideologia umana e trasforma la parola di Dio «in un'arma con la quale uccidere gli oppressi».

Questo errore nel credere è penetrato anche nelle «Chiese del mondo», è entrato nell'interpretazione di molti teologi, ha ispirato, al di là dello stesso sionismo cristiano, posizioni teologiche fondamentaliste, ed è causa non ultima del silenzio mantenuto dai cristiani e dai capi di Chiese, quando essi avrebbero «dovuto gridare per condannare l'ingiustizia e condividere la sofferenza»: silenzio e indifferenza per il quale, ammoniva il documento, è venuto il tempo del pentimento.

Quello che chiedevano le Chiese palestinesi con questo messaggio era una conversione. Ma convertirsi a che cosa?

Per quanto riguarda i cristiani e le Chiese è chiaro: la conversione è al Dio di Gesù Cristo, è a una lettura critica della Bibbia come quella che Gesù ha fatto ai discepoli di Emmaus, quando «cominciando da Mosè e da tutti i profeti spiegò loro in tutte le Scritture ciò che si riferiva a lui».

Questa conversione è possibile per i cristiani, anzi è il loro compito e la loro vocazione.

Ma per gli Ebrei? Il documento non si spingeva fino a porsi questa domanda. Ma noi sappiamo che quella che per i cristiani è una «lettura fondamentalista» della Bibbia, per loro è semplicemente la lettura ebraica della Bibbia; e quello che per i palestinesi e per noi è un dato di fatto, da accogliere in pace e libertà, e cioè che ci siano «tre religioni in questa terra, giudaismo, cristianesimo e islam», per l'ebraismo classico è una smentita della Legge e della Promessa che dicono: «un popolo, una religione, una terra». Noi sappiamo che per passare da questa lettura della Bibbia a una lettura che vada oltre la Legge, oltre la Promessa interpretata in modo territoriale e politico, oltre la teologia dell'elezione di un solo popolo, oltre l'idea di un Dio che combatte con le proprie schiere, oltre il pensiero apocalittico di una salvezza che si realizza attraverso una catastrofe, non ci vuole nulla di meno che Gesù Cristo.

È chiaro che una tale conversione non si può chiedere agli Ebrei. Non la chiede la Dichiarazione *Nostra Aetate* del Concilio, che ha consacrato la riconciliazione ebraico-cristiana, e non la chiedono più neanche le nostre liturgie, tanto col rito vecchio che col nuovo. Il mistero della ricomposizione di Israele con le nazioni, quando «tutto Israele sarà salvato», resta nascosto nel futuro di Dio.

D'altra parte è impossibile attendersi una conversione solo politica dello Stato di Israele, operata dalla sua classe dirigente laica, che non coinvolga la religione fondatrice e muti l'attuale interpretazione della natura ebraica dello Stato.

La conversione non può che essere insieme politica e religiosa, e scaturire dall'interno dello stesso ebraismo; la stessa natura ebraica dello Stato, se non trascesa, può essere ripensata in modo che non legittimi colonie e annessioni, e che non comporti alcuna lesione di altre cittadinanze e altri popoli, non per via di tolleranza e concessioni, ma nella libertà, nella comunione e nel pluralismo di una sola umanità. Per questo era molto giusta l'indicazione data dal documento *Kairós Palestina* che vedeva nel dialogo religioso la via per il riconoscimento comune dell'immagine di Dio in ognuna delle creature di Dio, per lo svelamento di quanto questa immagine sia oggi deturpata sia nell'occupante ebreo che nell'essere umano palestinese che subisce l'occupazione, per il superamento delle barriere della paura e dell'etnia e per giungere a una visione comune costruita sull'eguaglianza e la condivisione.

Questo dialogo deve coinvolgere Ebrei, Musulmani e Cristiani; e se ai Musulmani chiede il rifiuto del fanatismo e dell'estremismo, agli Ebrei chiede «un balzo innanzi» – per dirlo con una parola di papa Giovanni – nella comprensione e nell'esperienza della loro propria fede nella quale, sulla parola dell'unico Dio, temi come le promesse, l'elezione, il popolo di Dio e la terra siano rivissuti in termini di universalità così da includere tutta l'umanità, a cominciare dai popoli che abitano quella terra.

Questo non è affatto impossibile, come è mostrato da uno stuolo innumerevole di profeti e di mistici, mentre molti rabbini ortodossi hanno mantenuto la distinzione tra lo Stato di Israele e le promesse messianiche.

E che tale nuova comprensione sia possibile è stato infine mostrato da un rabbino di tradizione hassidica, Arthur Green di Boston, che, parlando a un'assemblea plenaria dell'Unione Internazionale delle Superiori generali delle religiose cattoliche, ha offerto una lettura dell'ebraismo che supera ogni esclusivismo e nell'uomo come immagine di Dio trova la radice di un vero universalismo giudaico, capace di abbracciare tutte le creature.

Green, che è un maestro di rabbini, ha rievocato una controversia tra i famosi rabbini Akiva e Ben Azzai su quale fosse il principio fondamentale della Torah grazie al quale si regge ed esiste tutto il giudaismo. Per Rabbi Akiva la risposta stava nel Levitico, era il precetto di amare il prossimo come se stessi. Per il rabbino Ben Azzai, invece, c'era un principio ancora più grande, e stava nel racconto della Genesi, per il quale *tutti* gli esseri umani sono creati a immagine di Dio. Secondo lui l'amore era un piedistallo troppo instabile per fondarci sopra tutta la Torah: forse, ha detto il rabbino Green, Ben Azzai vedeva che il principio di Akiva poteva essere ristretto, concepito solo in relazione alla propria comunità. Dopo tutto «il vostro prossimo» potrebbe designare semplicemente il vostro correligionario. E lo sconosciuto, il peccatore, il vostro nemico? Il principio di Ben Azzai invece non ammetteva eccezioni, poiché risale alla creazione stessa. Non solo «la tua gente», ma tutti gli esseri umani sono stati creati a immagine di Dio. Questo sarebbe dunque il principio su cui tutto deve essere misurato, e ogni forma di giudaismo che se ne allontani «è una deformazione della religione». A partire da qui lo stesso rabbino americano si poneva delle domande inquietanti: noi Ebrei siamo una entità etnica, ma allo stesso tempo una comunità di fede. E allora in che misura siamo esclusivi? Quando preghiamo per «tutto il popolo d'Israele» preghiamo solo per noi? E il resto dell'umanità? Preghiamo anche per lei? Noi non vogliamo che tutti diventino ebrei, ma crediamo che ogni persona sulla terra porti in sé l'immagine di Dio. La lotta contro l'esclusivismo è «la grande sfida del giudaismo oggi».

E l'Olocausto? La sua memoria, si chiedeva Green, come intercetta questa sfida? Molti Ebrei pensano che il messaggio sia chiaro: *Mai più*! Non permetteremo mai più che gli Ebrei siano vittime. Ma i migliori dei sopravvissuti, come Heschel, come Wiesel, hanno capito che «mai più» significa «che non permetteremo mai un altro genocidio nella nostra unica famiglia umana, che prenderemo la difesa di tutti quelli che soffrono».

Rabbi Green non l'ha detto, ma «tutti» vuol dire anche i palestinesi. E qui torna la domanda: è possibile che ciò avvenga oggi? Il documento dei cristiani palestinesi non lo credeva; e la ragione, per quanto noi possiamo vedere, sta verosimilmente nel fatto che la Shoah è ancora troppo recente, e la sua ignominia è stata tale che ancora imprigiona la storia, e assedia lo spirito degli Ebrei, che ancora non ne sono usciti.

Ciò infatti non è possibile per le prime generazioni dopo la Shoah. Ma nuove generazioni di Ebrei potranno diversamente elaborare il lutto, diversamente sentire la loro fede, diversamente vivere come comunità politica nella loro terra in pacifica armonia con gli altri popoli che la abitano. Questo giorno verrà e potrebbe non essere troppo lontano: ed è per questo che la scelta più santa, ma anche quella politicamente più adeguata, che il documento palestinese assumeva e proponeva, era quella di resistere, attivamente, senza stancarsi, nell'amore.

Se ci avesse pensato l'Europa

Solo quando Israele risolverà il problema di essere uno Stato per gli Ebrei di Palestina non in virtù della guerra ma della pace e dell'accoglienza reciproca con i palestinesi, con l'Egitto, con la Siria, con «il regno di Mezzo», con la Persia e con ogni altro vicino o erede dell'antica terra di Canaan, avrà definitiva dimora in quella terra; e solo allora le sue speranze temporali e insieme religiose – cioè il sionismo – potranno dirsi adempiute. Perché rispetto a quelle speranze il modo attuale di stare a Gerusalemme, a Hebron, a Gerico, a Gaza, sul Golan, nella valle del Giordano è per Israele la più cocente e suicida sconfitta, e per lo stesso sionismo significa un abbandono del significato redentivo del ritorno alla terra e una ricaduta nella legge della violenza.

Allora l'Europa non c'entra? Sì. Il 3 maggio 1988 la Camera dei deputati italiana approvava quasi all'unanimità una risoluzione La Valle, Piccoli, Boniver, Napolitano, Rodotà, Masina, Capanna e altri in cui si impegnava il governo a promuovere con i partners dell'Europa dei Dodici l'ingresso dei due Stati, di Israele e della Palestina, nella Comunità Europea, dopo un convegno internazionale a Montecitorio dove l'ipotesi era stata sviscerata nei suoi aspetti, giuridici e politici, con rappresentanti di Israele, dell'Olp e alla presenza di osservatori europei, sovietici e americani. Ciò supponeva ovviamente la nascita consensuale dello Stato palestinese nel suo territorio e con la sua sovranità, essendo appunto l'Europa una comunità di Stati indipendenti e sovrani. E si trattava di passare dall'idea di una mera spartizione del territorio, all'idea di una condivisione di esso da parte di due popoli e due Stati non confusi ma non divisi.

L'iniziativa risale al tempo in cui si faceva politica, era un progetto politico, non un sogno. L'idea era di formulare proposte concordi, e di consociare due popoli, in duello mortale tra loro, in una comunità europea estesa oltre i suoi limiti mediterranei, in cui non ci fosse bisogno di difendere alcuna frontiera, perché oltre le frontiere gli Stati si riconoscevano in un unico ordinamento e un unico destino. Il ministro degli esteri Andreotti portò la proposta in Europa, il suo collega francese mostrò di non gradirla; poi è cambiato tutto e ormai di consociare uomini, partiti e popoli non se ne parla nemmeno.

Sionismo senza democrazia?

Il 19 luglio 2018 giunse una notizia che fu quasi nascosta, perché era difficilissimo darla, non sapevano come farla accettare dal senso comune, ma era di tale portata da marcare una cesura nella storia che stiamo vivendo. Lo Stato di Israele, almeno nella sua veste ufficiale e giuridica, cambiava natura. Non era più lo Stato che doveva unire democrazia ed ebraicità, come era nel sogno del sionismo, ma era definito come uno Stato-Nazione ebraico, nel quale gli altri, quale che fosse il loro numero, erano neutralizzati nella loro dimensione politica, cioè nella loro esistenza reale: essi non sarebbero stati partecipi di ciò che, in democrazia, si chiama autodeterminazione, la quale veniva riservata al solo popolo ebreo, il solo sovrano. Gli altri sono naturalmente gli Arabi, e in modo specifico i Palestinesi, musulmani o cristiani che siano. Infatti quel giovedì 19 luglio 2018 il Parlamento israeliano, la Knesset, approvava a stretta maggioranza con 62 voti favorevoli e 55 contrari una legge di rango costituzionale che era in gestazione da tempo, la quale fissava in questi termini perentori la natura dello Stato, che fino ad allora non si era voluto definire in alcuna Costituzione formale, in base all'idea che la vera Costituzione d'Israele è la Torah (la Scrittura). Per intenderci un primo articolo della Costituzione del tipo «L'Italia è una Repubblica democratica fondata sul lavoro. La sovranità appartiene al popolo» sarebbe stato impensabile per Israele; e infatti, alla fondazione dello Stato, dopo un primo approccio iniziale per il quale furono consultati i libri di Carl Schmitt, il tentativo costituzionale era stato abbandonato, come ci ha raccontato a suo tempo Jacob Taubes. Però per il sionismo fondatore che aveva voluto bruciare i tempi dell'Attesa visto il ritardo del Messia, era fuori discussione che dovesse trattarsi di uno Stato democratico. Sicché almeno una correzione fu introdotta all'ultimo momento nel testo della legge, su richiesta del Presidente di Israele Reuven Rivlin, che in una lettera ai parlamentari aveva espresso il timore che essa potesse «recare danno al popolo ebraico, agli Ebrei nel mondo e allo Stato di Israele». Fu abolita infatti la norma che permetteva a qualsiasi comunità (ebrea ma anche non ebrea) di costituirsi come comunità identitaria chiusa, su base religiosa o nazionale, con esclusione dal proprio ambito di tutti gli altri (non-Ebrei, non-drusi, non ortodossi, ecc.), il che rischiava di creare in Israele una rete di apartheid segregati a pelle di leopardo; invece, caduta questa norma, la separazione che venne costituzionalizzata veniva posta a garanzia dei soli insediamenti ebraici, mentre erano privati di diritti tutti gli altri.

Dal punto di vista politico la legge votata dalla Knesset liquidava la causa palestinese, preludeva all'annessione di tutti i Territori Occupati, licenziava definitivamente l'opzione fatta propria da tutta la comunità internazionale dei due popoli in due Stati e rottamava le risoluzioni dell'Onu sul conflitto in Palestina e sullo status di Gerusalemme. Quali poi sarebbero stati i fatti era tutto da vedere: la resistenza di Gaza, da sola, prima con i suoi patetici aquiloni accesi, poi con le pietre contro i carri armati, come quella di David contro Golia, poi con l'efferata strage del 7 ottobre avrebbe riaperto tutta la questione.

Ma c'è un livello ancora più profondo: che succede con l'ebraismo? La ragione per cui Israele si era decisa a questo passo non può essere banalizzata: l'andamento demografico in Medio Oriente è tale che ben presto in Israele gli Ebrei saranno una minoranza rispetto alla crescente popolazione arabo-palestinese; e siccome in democrazia contano i numeri e non si è fatta e neanche tentata la pace tra i due popoli, gli Ebrei di Israele temono di essere sopraffatti, e perciò la democrazia è un lusso che non si possono permettere. Nell'alternativa tra democrazia ed ebraismo, la scelta è per l'ebraismo. Purtroppo manca la lucidità di comprendere che è una falsa alternativa. Questa incompatibilità non è vera: ma per riconoscerlo ci vuole un cambiamento culturale e religioso profondo.

Gli Ebrei (anche gli Ebrei non credenti dello Stato d'Israele) fondano sulla Scrittura la loro identità di popolo e di Stato. Ma quando questa tradizione si è formata (quando Dio ha «parlato» ad Abramo, Mosè, David e anche ai profeti) poteva concepirsi che l'identità di un popolo si preservasse nell'uniformità di un regno, nella inviolabilità dei confini, nella non contaminazione con gli stranieri, nella regola di purità, antidoto a ogni meticciato.

Ma come preservare questa identità nelle condizioni della democrazia, del pluralismo, dell'eguaglianza, della globalizzazione, dello Stato di diritto, non poteva essere oggetto della rivelazione di allora, Dio non poteva dirlo al suo popolo. Un indizio fortissimo di come altrimenti essere popolo lo aveva fornito Gesù, ma quella Parola non fu riconosciuta da Israele come la Parola attesa. Dunque occorrerebbe che, come hanno fatto pur dolorosamente altre tradizioni, anche quella ebraica cercasse i nuovi sensi delle sue Scritture, che cosa davvero sarebbe la fedeltà alla Parola ricevuta, letta non più nelle condizioni di ieri, con gli occhi rivolti alle tempeste passate, ma nelle condizioni di oggi, con gli uomini di oggi, con la meravigliosa multicolore umanità di oggi, con gli occhi rivolti al futuro da costruire, a questo Messia che ha sempre da venire, ma come pace non come apocalisse. È attraverso questo lavacro, non più nel sangue ma nell'acqua di nuovo condivisa della Palestina che Israele salverà se stesso, la propria identità, e la vita delle genti, non più straniere.

La cosa non interessa solo gli Ebrei. Sarebbe così importante che i nostri gruppi di dialogo ebraico-cristiano, liberi dalle suggestioni dei richiami a un vecchio fondamentalismo biblico, cercassero con i fratelli Ebrei questi nuovi sensi e questa nuova comprensione della Parola liberatrice.

La sinagoga non è un'ambasciata

Per affermare la solidarietà con Israele dopo lo scempio compiuto da Hamas nei kibbutz prossimi a Gaza, Giorgia Meloni è andata alla Sinagoga di Roma. La Prima Ministra italiana non ha gli strumenti culturali per capire di aver fatto un errore istituzionale di grande portata. Andare in Sinagoga per far sapere qualcosa a Tel Aviv è infatti come andare in cattedrale a New York per comunicare col governo di Roma, cosa che semmai si poteva fare fino al 20 settembre 1870 e in ogni caso andando nelle Nunziature e non nelle chiese. Prendere le Sinagoghe per Ambasciate di Israele vuol dire infatti convenire che Israele non è uno Stato come gli altri, ma è lo Stato etnico degli Ebrei, cioè lo Stato in cui il potere politico realizza le promesse messianiche lette in modo fondamentalista nella Scrittura, come pensano i partiti religiosi al governo in Israele, ed è anche ciò che ispira la condotta di tutti i governi di quello Stato, compresi i ministri che si considerano laici.

Tuttavia non si tratta solo dell'errore della Meloni. È anche ciò che di fatto determina l'approccio dei governi e di tutta la comunità internazionale nei rapporti con Israele e nella totale rinunzia a dare attuazione alle risoluzioni dell'Onu sulla Palestina e ad affrontare la questione palestinese, tragicamente aperta da 75 anni. Non è però questa l'idea che del ritorno in Palestina hanno e hanno avuto molti sapienti Ebrei e anche autorevoli rabbini, che hanno anzi messo in guardia contro l'errore e il pericolo di fare dello Stato d'Israele «il Paese della Redenzione», della «Geulah» promessa dai Profeti; tale esito, secondo questa lettura, potrebbe avvenire solo attraverso una catastrofe, ciò che per secoli avrebbe fatto dell'esistenza ebraica una vita vissuta nel «differimento», fino a quando la Shoah non ha suggerito l'imperativo che mai più gli Ebrei avrebbero dovuto essere «deboli e senza potere». Ma la realizzazione estrema di questa concezione dello Stato come dello «Stato-nazione ebraico» è quella che ha fondato la rivendicazione israeliana di tutta la Terra promessa, compresi i «Territori occupati», l'*apartheid* palestinese, la demolizione delle loro case, la promozione intensiva delle colonie, fino al ritiro da Gaza, sigillata per isolarvi e privare di risorse una gran parte della popolazione palestinese, giunta ora lì a due milioni e duecentomila persone, di cui più della metà bambini e adolescenti che hanno meno di quindici anni. Ed è per l'identificazione dello Stato di Israele con la salvezza stessa e la redenzione, che un intellettuale ebreo come Jacob Taubes, singolare interprete della «teologia politica» di san Paolo, arrivò a dire, in un discorso a Gerusalemme del 1981, che l'istanza messianica evocata dalla Shoah aveva «permesso che una sfrenata fantasia apocalittica prendesse il controllo della realtà politica dello Stato di Israele», rischiando di trasformare «il "Paese della redenzione" in una fiammeggiante apocalisse».

La tragedia vissuta da Israele per per il colpo di maglio di Hamas, tale da provocare a sua volta la vendetta del governo di Netanyahu su Gaza, affamata e privata di acqua e di luce e rasa al suolo dai bombardamenti da terra, dal mare e dal cielo, è figlia di questa contraddizione irrisolta. Per questo piangiamo su Gerusalemme e su tutta la Palestina, ma anche, ahimè, su noi stessi. E capiamo come si possano contrapporre le due struggenti lamentazioni. Quella dei Patriarchi e dei Capi delle Chiese di Gerusalemme, che denuncia come «la Terra Santa, luogo sacro per innumerevoli milioni di persone in tutto il mondo, è attualmente immersa nella violenza e nella sofferenza a causa del prolungato conflitto e della deplorevole mancanza di giustizia e rispetto dei diritti umani», ed esprime solidarietà «con i popoli di questa regione, che stanno sopportando le conseguenze devastanti dei continui combattimenti», e quella dell'ambasciata d'Israele a Roma che definisce questo documento «deludente e frustrante» e affetto da «immorale ambiguità» perché dalla sua lettura non si riuscirebbe «a capire che cosa sia successo, chi fossero gli aggressori e chi le vittime».

Non ci resta che invocare «mai più la vendetta», e unirci alle Chiese cristiane, «facendo eco al messaggio divino di pace e di amore per tutta l'umanità».

E per dare un futuro a Gaza, alla Palestina, a Israele, occorrerebbe proporre trattative volte a una soluzione credibile e duratura della questione dello Stato ebraico e della sua compatibilità con una convivenza coi palestinesi. Bisognerebbe anzitutto inviare forze non armate dell'Onu sui confini di Gaza e del Libano, e fare una proposta non più di due popoli in due Stati, durata decenni e fallita anche quando la comunità internazionale faceva finta di crederci, ma capace invece di fantasia giuridica e politica che c'è sempre stata nella storia (chi si è inventato lo Stato? Chi si è inventato gli Stati Uniti? Chi si è inventato la Comunità europea del carbone e dell'acciaio prima di inventarsi la Comunità europea e l'Unione Europea?).

L'inventiva del diritto e della politica (e perfino della fede) può produrre due ordinamenti dentro una sola pace o, se si vuole, una «sovranità differenziata», pattizia, concordataria o come altro potrà essere: ma o si stermina uno dei due popoli oppure la loro coesistenza, prodromo di una convivenza umanamente plausibile, è necessaria a essere pensata e sperimentata.

Genocidio, quale futuro?

Dopo la Shoah inflitta dall'Europa del Novecento al popolo ebreo, il mondo ha detto «Mai più!» e stabilito che i popoli non devono uccidersi l'un l'altro ma farsi concittadini e fratelli. Con la fondazione dell'Onu si sono poi chiarite le idee sul delitto di genocidio e la sua singolarità rispetto a ogni altra forma di carneficina, eccidio o strage: una differenza tanto forte da inventargli un nome nuovo, dato che non esisteva la parola né la fattispecie del crimine di genocidio prima della risoluzione delle Nazioni Unite dell'11 dicembre 1946 seguita poi dalla Convenzione internazionale del 1948. Questa definiva il genocidio, indipendentemente dal fatto che fosse perpetrato in tempo di pace o in tempo di guerra, come ciascuno degli atti che venisse commesso «con l'intenzione di distruggere, in tutto o in parte, un gruppo nazionale, etnico, razziale o religioso come tale». Tra questi atti era esplicitamente citato «il fatto di sottoporre deliberatamente il gruppo a condizioni di vita intese a provocare la sua distruzione fisica, totale o parziale». Crimine veniva considerato anche «il tentativo di genocidio» e non venivano chiamati «scudi umani» le vittime dell'attacco, ossia i membri del gruppo uccisi o esposti a «lesioni gravi alla loro integrità fisica o mentale».

Istruiti da tale statuizione, possiamo chiamare per nome gli avvenimenti che hanno dilaniato Israele e Gaza, dalla turpe carneficina di Hamas alla terra bruciata frutto della punizione collettiva di Israele, fino alla strage degli innocenti malati e feriti negli ospedali di Gaza.

Fuori misura la contabilità delle vittime; il contraccambio o vendetta per risarcire i 1.457 morti israeliani dei kibbutz di Gaza è stata l'onda di distruzione e di morte che si è riversata sull'intera popolazione di Gaza, benché più della metà di essa non fosse neanche nata quando Hamas aveva vinto le elezioni del 2006; essendo tale popolazione di oltre 2.200.000 persone, il rapporto con le vittime israeliane è di circa 1.500 per 1 (alle Fosse Ardeatine fu di 10 per 1).

In ogni caso il genocidio di Gaza è capace di produrre conseguenze di grande portata destinate a segnare il futuro dello Stato di Israele e forse del mondo. Per questo fin dall'inizio abbiamo trepidato per la salvezza di Israele, non solo dei palestinesi.

Purtroppo né l'Europa, né l'Occidente sono in grado di fare alcunché per alleviare le sofferenze in atto e promuovere la riconciliazione e la pace. È chiaro ormai che, fallita la soluzione dei due popoli in due Stati, inutilmente perseguita nei passati decenni, occorrerà mettere in campo nuove idee e proporre nuovi ordinamenti anche al di là dei modelli esistenti.

Quale che sia infatti la ragion di Stato che motiva l'attuale condotta di Israele, questa non può essere la «ragione» dell'Ebraismo come popolo e come religione: perciò entra in questione l'identificazione, finora data per scontata, dello Stato di Israele come Stato ebraico o Stato degli Ebrei. Lo stesso sionismo è messo in crisi oggi come congeniale allo Stato: non era questo che potevano concepire Theodor Herzl e gli altri Padri fondatori del sionismo come fisionomia e condotta dello Stato agognato. Certo, il modello profano era lo Stato «leviatano» di Hobbes, il solo, allora come oggi, disponibile alla modernità, ma Sion nella memoria e nella fede ebraica era tutt'altra cosa, era «gioia di tutta la Terra, vera dimora divina, capitale del grande Re», era la visione che «da Sion, bellezza perfetta, Dio risplende» come cantavano i Salmi, mentre la vasta corrente di rabbini e pensatori ebrei che erano contrari a «forzare» in termini politici l'adempimento delle promesse messianiche, temevano il rovesciamento della redenzione in apocalisse e non volevano, contro il monito dell'antico profeta, una «Sion costruita col sangue e Gerusalemme con il sopruso».

Continuare, nonostante tutto, a imputare all'ebraismo la ragion di Stato di Israele potrebbe non solo incrudelire l'avversione araba, e islamica, ma anche alimentare l'antisemitismo che purtroppo in molte subculture non aspetta di meglio che questo.

Liberare la religione dei Padri dal travisamento dei figli, aprirebbe invece un altro futuro, non costretto all'ateismo; questo fanno invece le tradite fedi. Lo stesso Stato di Israele, approdato al pluralismo, conseguirebbe un'autodichia che lo renderebbe libero di determinarsi, non avrebbe incubi di sottomissioni etniche e religiose, potrebbe decidere di vivere in pace, con condivise sovranità, con quanti vivono sotto lo stesso cielo in Palestina.

È per amore che ci si può avventurare su questo terreno di analisi e prospettive, e forse non sarebbe lecito farlo con le altre religioni, ignote come sono nelle loro profondità a quanti vi sono estranei; ma la Bibbia ebraica è nota a tutto il mondo, è un'universale fonte di pensiero, e più ancora lo è per il vasto mondo cristiano, intrinseco, come da ultimo è stato riconosciuto, alla fede d'Israele.

D'altra parte, se l'identificazione di Israele come Stato ebraico potrebbe indirizzarsi a una interpretazione più magnanima e anche più fedele al cuore delle Scritture di quanto sia l'attuale forma dello Stato di Israele, nell'Islam può diventare cultura comune una visione alternativa, immune dalle sacche di estremismi violenti. È la visione di recente enunciata nel documento islamo-cristiano di Abu Dhabi e nella lettera che 126 leader e sapienti musulmani nel 2014 inviarono ad Al-Baghdadi e all'Isis, rivendicando il primato della misericordia nel Corano e una lettura storicizzata delle passate guerre religiose con l'affermazione che l'Islam non avanza con la spada:

> «È proibito accomunare la "spada", e quindi la collera e il rigore, alla "misericordia"» – diceva la lettera. – «Non è altresì lecito subordinare l'idea di "misericordia per tutti i mondi"» (attribuita a Maometto) «all'espressione "inviato con la spada", perché ciò sarebbe come dire che la grazia è subordinata alla spada, cosa che è evidentemente falsa [...]. La Misericordia che Muhammad rappresenta per tutti i mondi non può essere condizionata al fatto che egli abbia impugnato la spada (in un tempo, un contesto e per una ragione spe-

cifici). Non si tratta qui soltanto di una sottigliezza accademica [...]».

Non c'è dunque nulla che si deve fare che sia fuori della cultura ebraica e di quella musulmana; al contrario c'è scritto in Isaia 61, lo ha riproposto Gesù nella sinagoga di Nazaret, ed è affermato nella teologia islamica. E anche il Papa è d'accordo, contro tutta la tradizione della Cristianità armata, che aveva confuso la Bibbia con un proclama di guerra.

Se non si mettono in campo queste alternative, nemmeno noi ci salviamo. Perché tutti siamo responsabili. «Sono tutti traviati, tutti corrotti, non c'è chi agisca bene, neppure uno» (Salmi), «tutti hanno smarrito la via, insieme si sono corrotti, non c'è chi compia il bene, neppure uno» (Paolo). Sono detti sapienziali, laici, non confessionali.

La ricerca sulla propria identità aperta tra gli stessi Ebrei, avrebbe dovuto indurre a tener conto nell'angoscioso dibattito sulla tragedia di Gaza, del carattere assolutamente singolare dello Stato di Israele. Esso, come abbiamo visto, non è uno Stato come tutti gli altri, sicché i suoi atti e le loro motivazioni non sono paragonabili a quelli di qualsiasi altro Stato; di conseguenza i discorsi e i giudizi politici che li concernono sono spesso carenti, non informativi e privi di rapporto con la realtà effettuale.

La differenza consiste nel fatto che lo Stato di Israele è per origine e per scelta uno Stato etnico. Quanto all'origine, com'è noto essa sta nello scempio della Shoah e nello sgomento che ne è ricaduto sull'intero popolo ebreo e sulla stessa comunità internazionale che attraverso l'Onu ne ha stabilito la fondazione. Quanto alla scelta essa sta in una serie di atti successivi, il primo dei quali, come ha narrato uno dei protagonisti, Jacob Taubes, fu nel 1947 la decisione di non procedere alla stesura di una Costituzione, perché la legge fondamentale era da considerarsi la Legge biblica, e al di là delle norme laiche che lo Stato si sarebbe dato, gli istituti fondamentali come il matrimonio, il ripudio, la proprietà, dovevano essere forgiati dalla legge halachica, che è una derivazione normativa della Torah ebraica. Si può citare poi il tentativo fallito del governo Netanyahu nel 2010 di inserire nella legge sulla cittadinanza una norma che obbligava ogni nuovo cittadino israeliano a prestare giuramento a Israele «Stato ebraico e democratico»; e si può ricordare come tutto ciò sia confluito il 19 luglio 2018 (primo ministro Netanyahu) nella legge di rango costituzionale, in cui lo Stato di Israele era definito come lo «Stato nazione del Popolo Ebraico», e solo di lui, a esclusione cioè di ogni esistenza collettiva altrui.

Nel momento di una crisi suprema come quella attuale questa identificazione tra ebraismo e Stato produce tre tragedie per tutti, e tre angosce per noi. La prima è quella del reciproco terrorismo di Gaza, che assimila la violenza della jihad islamica di Hamas a quella dello Tsahal israeliano e minaccia la definitiva espulsione dei palestinesi. La seconda è quella dello Stato di Israele che così spezza la società israeliana, fino alle piazze in rivolta e al «j'accuse» degli ostaggi e delle loro famiglie, perde la solidarietà di gran parte del mondo, irrita perfino gli Stati Uniti e si espone a una sfida mortale con i suoi nemici da cui potrebbe uscire dilaniato. La terza è quella dell'ebraismo, che si trova schiacciato sull'ermeneutica fondamentalista di una retribuzione incondizionata e violenta voluta dal Dio dell'Alleanza, che altera la Bibbia e rilancia l'antisemitismo perverso rimasto latente dopo il nazismo, come in Francia e perfino in Italia e in molti altri Paesi.

Torna dunque la domanda se non ci sia un'alternativa che renda possibile la convivenza e offra una speranza di pace in Medio Oriente. La sua costruzione passa attraverso una trasformazione dello Stato e un arricchimento della stessa religione grazie a una lettura più avanzata dei princìpi fondatori di un giudaismo realizzato.

Morire per l'Onu

L'interpretazione ufficiale americana dei rapporti internazionali come di una «competizione strategica» per il dominio mondiale, la determinazione degli Stati Uniti a vincerla debellando tanto per cominciare la Russia e la Cina, il «fai da te» di Putin mediante la guerra per mettere in sicurezza i confini con l'Ucraina, la prima reazione di Zelensky che ha chiesto lo scioglimento dell'Onu, la perversa azione terroristica di Hamas del 7 ottobre e la vendetta dello Stato d'Israele contro tutta la popolazione palestinese e l'intero territorio di Gaza, hanno fatto a pezzi l'ordine internazionale, esacerbando la «guerra mondiale a pezzi» già denunciata dal Papa.

La prima e più importante vittima di questa catastrofe è l'Onu, la cui demolizione rovescia il corso storico che sembrava potesse essere condotto addirittura fino a una Costituzione della Terra e a un costituzionalismo mondiale. L'impotenza in cui l'Onu è precipitata, nonostante la buona volontà del suo segretario generale, è stata addebitata alla paralisi del Consiglio di Sicurezza. L'ultima esplosione della crisi si è avuta con lo scontro tra il governo di Israele e il segretario generale, per tre verità enunciate da quest'ultimo, che Israele non può ammettere e che sono generalmente occultate.

La prima verità è stata detta da Guterres nella riunione del Consiglio di Sicurezza del 24 ottobre 2023. Egli ha condannato chiaramente gli «atti di terrore indiscriminato compiuti da Hamas, che niente può giustificare». Ma ha aggiunto:

> «È importante riconoscere che gli attacchi di Hamas non sono avvenuti nel vuoto. Il popolo palestinese è stato sottoposto a 56 anni di soffocante occupazione. Hanno visto la loro terra costantemente divorata dagli insediamenti e tormentata dalla violenza; la loro economia soffocata; la loro gente sfollata e le loro case demolite. Le speranze di una soluzione politica alla loro situazione sono svanite».

Per questa ovvia constatazione l'ambasciatore israeliano all'Onu ha chiesto che Guterres si dimettesse *immediately*, immediatamente.

La seconda verità il segretario dell'Onu l'ha denunciata il 20 ottobre al valico di Rafah:

> «È impossibile essere qui e non avere il cuore spezzato. Dietro queste mura abbiamo due mi-

> lioni di persone che soffrono enormemente. Che non hanno acqua, né cibo, né medicine, né carburante. E che sono sotto il fuoco e hanno bisogno di tutto per sopravvivere».

La terza verità l'ha gridata in un appello umanitario lanciato al mondo il 4 novembre in cui ha chiesto di «aiutare 2,7 milioni di persone, ovvero l'intera popolazione della Striscia di Gaza e mezzo milione di palestinesi in Cisgiordania, compresa Gerusalemme Est»:

> «Gaza sta diventando un cimitero per i bambini – ha detto. – In quattro settimane sono stati uccisi più giornalisti che in qualsiasi conflitto in almeno tre decenni. E sono stati uccisi più operatori umanitari delle Nazioni Unite che in qualsiasi periodo paragonabile nella storia della nostra organizzazione».

A questo appello il ministro degli esteri israeliano Eli Cohen ha reagito dicendo: «Si vergogni!» («*Shame on you*»); e il giorno dopo il ministro Amihai Eliyahu ha detto che per Gaza ci vorrebbe la bomba atomica. E quando poi Guterres ha proposto al Consiglio di Sicurezza una delibera per la richiesta urgente di un «cessate il fuoco» a Gaza, dei cinque Membri permanenti del Consiglio, uno, l'Inghilterra, si è astenuto e gli Stati Uniti hanno votato contro, bloccando la risoluzione e autorizzando perciò formalmente lo Stato di Israele a terminare il lavoro continuando lo sterminio.

Contro gli orrori denunciati da queste tre verità, si possono citare tre verità opposte enunciate da tre grandi testimoni dell'ebraismo contemporaneo, che non si capisce perché non debbano essere ascoltati come lo erano i grandi Profeti di Israele e la Torah su cui l'ebraismo è fondato.

La prima verità è che lo Stato di Israele non può appellarsi alla immane tragedia della Shoah per giustificare qualsiasi crimine di guerra, conquista o rappresaglia come «difesa» per impedire che essa possa ripetersi. Sarebbe «una catastrofe», come ha scritto Yehuda Elkana:

> «Due nazioni, emerse dalle ceneri di Auschwitz: una minoranza che afferma che "questo non deve accadere mai più" e una maggioranza spaventata e tormentata che dice "questo non deve accaderci mai più". È evidente che, se queste sono le uniche lezioni possibili, io ho sempre creduto nella prima e considerato l'altra una catastrofe».

La seconda verità dice che tutti gli esseri umani, di qualunque etnia, devono essere non decimati, ma amati, come spiegò il rabbino Ben Azzai nella famosa controversia con il rabbino Akiva.

La terza verità è che non si dovrebbe far penetrare l'Olocausto, come determinante di ogni comportamento, nella coscienza ebraica fin da bambini. Lo ha scritto su «Haaretz» ancora Yehuda Elkana:

> «Cosa dovrebbe fare un bambino con queste memorie? Molte delle fotografie di questi orrori vengono interpretate come un appello all'odio. "Zechor!" può facilmente essere inteso come un appello all'odio cieco e continuato».

E lo ha scritto anche, in Italia, Bruno Segre in *Che razza di ebreo sono io* (Casagrande, Bellinzona 2016):

> «Se il ricordo dell'orrore non si salda a un'interrogazione lucida circa il nostro orrido presente, e non suggerisce ai giovani l'idea di un futuro meno indecente del passato che abbiamo dietro le spalle, la rituale invocazione "ciò non deve accadere mai più" cade nel vuoto, non serve a nulla. Trasmettere la memoria della Shoah a settant'anni di distanza, ha un senso soltanto se riusciamo a educare le giovani generazioni a leggere la storia e a comprenderne criticamente la complessità, inducendole a mostrarsi pronte, in ogni evenienza, a prevenire e a impedire derive distruttive e criminali. Affinché la Giornata della Memoria "funzioni" e significhi qualcosa per i nostri giovani, occorre che favorisca in

loro la progettazione di un avvenire vivibile, da condividere fraternamente con tutti i figli degli uomini».

Infatti c'è un'alternativa per la convivenza di ambedue i popoli, con le loro religioni e tradizioni, e c'è una speranza di pace, passando attraverso una trasformazione dello Stato d'Israele in una vera democrazia del Medio Oriente.

E quanto all'Onu è vero che il diritto di veto paralizza il Consiglio di Sicurezza, ma esso dovrebbe essere usato non per avallare le guerre, ma per fermarle. Ed è giusto che i Paesi più fortunati sul piano economico e più forti sul piano politico si prendano la responsabilità e garantiscano la pace nel mondo, per dovere di umanità e non solo perché hanno vinto la Seconda guerra mondiale. Altrimenti centinaia di migliaia di persone moriranno per l'impotenza dell'Onu, ma molti altri sentiranno il dovere di lottare fino a dare la vita perché essa sia resa capace di operare per la salvezza della Terra e di tutti i suoi abitanti, fino a morire per essa.

Delenda Carthago: perché

A Gaza non è andata in scena una tragedia locale, come tante che hanno devastato la vita di molti popoli, ma un evento di carattere epocale, che si apre a significati e forse a conseguenze di portata universale.

Intanto si deve dire che la guerra combattuta a Gaza non è una guerra, perché chiamarla così sarebbe una diffamazione perfino della guerra. Quei neonati allineati come fagottini fuori delle incubatrici per finire tra i detriti, gli ospedali e le chiese distrutte, più di 12.000 persone, tra cui 5.000 bambini, 3.155 donne e 668 anziani uccisi già prima della tregua del 24 novembre, e ancora migliaia e migliaia dopo, oltre ventimila, l'intera Striscia ridotta a macerie e percossa per giorni e giorni, con premeditazione, non sono una guerra, ma una vendetta, una tremenda vendetta. Né questa guerra è come di norma è una guerra, il cui fine non è di uccidere: l'uccidere è il costo della guerra, il suo inevitabile strumento, non il suo fine che è invece la ragione per cui si fa la guerra, l'oggetto per cui si combatte, anche al costo della vita, tanto è vero che i morti non combattenti sono considerati «danni collaterali», non voluti. Il confronto con l'altra guerra contemporanea a questa, quella in Ucraina, rende la differenza ancora più evidente: quella è una guerra come tutte le altre riconosciute finora, quelle per cui sono state fatte anche le Convenzioni sul «diritto di guerra», guerre per i confini, per la conquista di territori, per dominare i mercati, per determinare i rapporti tra Stati sovrani, guerre su cui si è esercitato quello che è stato chiamato il «pacifismo giuridico», e su cui si sono misurati i movimenti per la pace. Qui invece lo scopo è stato quello di uccidere, la vittoria cercata stava nella soppressione comunque dell'altro, il diritto è sembrato non avere parole, l'Onu non solo si è mostrata impotente, ma disperata, Guterres è rimasto solo a rivendicare l'umanità del mondo. L'uccidere è stato qui motivato dall'essere stati uccisi; e il tipo di guerra ha fatto sì che l'uccisione fosse indiscriminata: quella dei palestinesi in quanto tutt'uno con Hamas o in quanto definiti scudi umani di Hamas, e quella degli operatori sanitari e dei funzionari delle Ong e dell'Onu in quanto indistinguibili dai palestinesi; e per il dopo Netanyahu la promessa elettorale dei candidati alla successione era di uccidere tutti gli attentatori di Hamas. Così

Hamas è diventata la parola in codice che copre comunque la strage. Né si può dire, come si dice per le donne stuprate o uccise, che i palestinesi se la sono cercata. Se la causa che si invoca per giustificare questa guerra e questo tipo di guerra, è l'indiscusso diritto di Israele a difendersi, esso non può stare nell'uccidere i futuri nemici, fin dalle incubatrici e dal ventre delle madri; è vero che oggi, ad armi nucleari cariche, si anticipa la difesa mutandola in prevenzione, ma non una prevenzione come questa, più precoce di quella di Erode. Eppure la quinta parola scritta nella Legge è: «Non uccidere».

Riguardo al futuro, la rivendicazione dei coloni è quella di arrivare fino a insediamenti per 2 o 3 milioni di persone in Cisgiordania e nel contempo di ritornare a Gaza; per una loro esponente, Daniella Weiss, di cui Barbara Spinelli ha riferito un'intervista fatta al *New Yorker* dell'11 novembre, lo Stato d'Israele dovrebbe estendersi dall'Eufrate al Nilo, e i palestinesi non dovrebbero esserci più, finire tutti nel Sinai, in Egitto, in Turchia, anzi per il ministro delle finanze Bezalel Smotrich che lo aveva detto in piena Europa, a Parigi, non sono mai esistiti, il popolo palestinese sarebbe una «finzione» elaborata un secolo fa per lottare contro il movimento sionista; dunque, causa finita.

In questa ottica, si è riferito che l'istituto israeliano *for Zionist strategies* avesse in elaborazione un piano per il trasferimento dei palestinesi di Gaza e il loro reinsediamento in Egitto. Si è parlato delle due più grandi città dell'area metropolitana del Cairo, dove un'enorme quantità di case statali vuote o in costruzione, costituirebbe una *location* ideale per collocarvi i due milioni di abitanti di Gaza. Il rapporto veniva presentato come una soluzione innovativa, economica e sostenibile per Israele: «Possiamo permetterci il pagamento di un miliardo di shekel per l'acquisto di Gaza» diceva il rapporto; altre fonti parlavano di un costo dell'operazione per 5-8 miliardi di dollari, un valore compreso solo tra l'1% e l'1,5% del Pil dello Stato di Israele, tale da poter essere finanziato dallo Stato, anche senza alcun aiuto internazionale: un investimento molto utile per lo Stato di Israele ai fini di risolvere «la questione palestinese».

La vera novità è che tutto ciò è avvenuto sotto gli occhi di tutti, non in un bagliore improvviso, come per un'atomica, ma in un lungo, ripetitivo srotolarsi del tempo, giorno per giorno, ora per ora, nella generale assuefazione e nella condiscendenza dei più; le violenze contro la popolazione di Gaza hanno goduto di una sorta di *Washington consensus*, come se fosse tutto normale, come se Israele non potesse essere che così, come se la guerra fosse per statuto così, come se il terrorismo, che è la guerra dei poveri e dei senza Stato, non potesse essere altrimenti fermato, non ci fosse alcun modo di dissuaderlo, di demotivarlo, di farne cadere le ragioni. E in tal modo non c'è stato solo il danno emergente, c'è la pietà umana cessante, e avanza una nuova cultura, che non è più quella del patto degli uomini di vivere insieme, di non uccidersi a vicenda, di riconoscersi in un unico mondo di nazioni unite, se non addirittura di «*fratres omnes*», ma è quella del vecchio stato selvaggio dell'«*homo homini lupus*».

La verità è che nella cosiddetta guerra di Gaza si è rivelata una crisi totale dello stato di cose presenti, una sorta di *Delenda Carthago*, che non si può non prendere in carico, non si può non tentare di indirizzare verso un corso diverso, e non solo per Israele.

La domanda è che fare. Tanto più dobbiamo chiedercelo, perché non c'è solo la *Delenda Carthago* della Palestina e di Gaza, ma c'è una *Delenda Carthago* che riguarda la Terra tutta intera, per la devastazione climatica e ambientale che va avanti indisturbata, mentre noi pensiamo ad altro e non facciamo che combatterci, sicché tra guerre, rumori di guerra e rivolta della Natura stiamo veramente andando verso un abisso. Perciò torna più che mai di attualità un'affermazione fatta dai nostri amici della Sinistra Cristiana all'alba della Repubblica (non ricordo se si trattasse di Rodano, di Felice Balbo o Ossicini), secondo cui ci si trovava a dover affrontare «problemi sconosciuti ad altre età». Proprio di questo oggi si tratta: non è solo questione della pace intesa come sospensione della guerra o negazione della violenza, ma della pace come alternativa di sistema, cioè come di un vero e proprio sistema di pace inteso come rovesciamento e successione rispetto al sistema di guerra e alla guerra come sistema.

Dunque, la domanda è: perché Gaza? E perché ci sta sfuggendo di mano il mondo? Perché la *Delenda Carthago* della Terra, dov'è il responsabile di questi delitti in cerca d'autore?

Dello scempio di Gaza senza dubbio è responsabile e autore lo Stato d'Israele. Questo è però il compendio e l'intreccio di quattro identità diverse, che la «Legge fondamentale» approvata dalla Knesset il 19 luglio 2018 unisce in un unico soggetto.

La prima componente è l'ordinamento, che viene istituito come Stato etnico, come è sancito nel titolo stesso della Legge fondamentale:

> «Israele, Stato Nazione del Popolo Ebraico».

La seconda componente è il popolo ebraico come tale. Infatti viene sancito che

> «il diritto di esercitare l'autodeterminazione nazionale nello Stato di Israele è esclusivamente per il popolo ebraico»

(e amen per gli arabi palestinesi, i beduini, i drusi, i circassi); mentre la competenza dello Stato è estesa anche al popolo ebreo della Diaspora, con cui lo Stato di Israele si identifica, sia per garantirne la sicurezza quando membri del popolo ebraico siano

> «in pericolo o in cattività a causa della loro ebraicità o cittadinanza»,

sia per «rafforzare l'affinità» fra lo Stato d'Israele e i membri del popolo ebraico, sia

> «per preservare il patrimonio culturale, storico e religioso del popolo ebraico fra gli Ebrei della Diaspora».

La terza componente è la religione di Israele che è la fonte da cui tutto deriva: sia l'assioma che

> «la Terra di Israele è la patria storica del popolo ebraico, in cui lo Stato di Israele si è insediato»,

sia l'affermazione che

> «lo Stato di Israele è la patria nazionale del popolo ebraico, in cui esercita il suo diritto naturale, culturale, religioso e storico all'autodeterminazione»,

sia il dato irrinunciabile che

> «Gerusalemme, integra e unita, è la capitale di Israele»,

sia la norma per la quale

> «lo Shabbat e le festività di Israele sono i giorni di riposo fissati per lo Stato».

E la quarta componente è il messianismo, in forza del quale

> «lo Stato di Israele è aperto all'immigrazione ebraica e al ritorno degli esuli», e «considera lo sviluppo di insediamenti ebraici come valore nazionale e agirà per incoraggiare e promuoverne l'insediamento e il consolidamento» (i coloni!).

Dunque c'è un ordinamento, che è lo Stato, un popolo, che è il popolo ebreo, una religione, che è la sua patria e la fonte del suo potere, un messianismo, che è il possedere la Terra e goderne i frutti pacificamente e per sempre.

È questo Stato che, come tutti ripetono, esercita il suo diritto di autodifesa a Gaza. Ma si tratta dello Stato, come si presenta nella sua attuale figura storica concreta, non si tratta del sionismo perché ci sono molti sionismi; contrastare lo Stato di Israele non vuol dire di per sé contrapporsi al sionismo.

Senonché le azioni compiute da questo Stato non sono attribuibili né al popolo ebreo come tale, né alla religione d'Israele, né al messianismo della fede. E nemmeno al solo Netanyahu, come tutti invece dicono mentre gli lasciano fare ogni cosa, tanto poi lo mandano via, a sgravio di ogni coscienza. Gli autori non sono questi.

L'errore, e si può dire l'eresia, è proprio quello dell'attuale Israele che si definisce come uno Stato ebraico. Che sia uno Stato come l'ha definito Hobbes, e come poi gli Stati si sono configurati nella modernità, non c'è dubbio. È lo Stato Leviatano, il mostro con i denti di ferro, che nasce dalla paura, reagisce all'uccisione a cui tutti sono soggetti nello stato selvaggio che precede la civiltà, che per dare sicurezza in cambio chiede soggezione; è lo Stato che si fa uomo collettivo, che si fa macchina, che è sovrano su tutto, e non riconosce alcun altro al di sopra di sé; ed è lo Stato che si erge quale Dio mortale, come esplicitamente lo chiama Hobbes per distinguerlo dal Dio della fede, sicché all'*homo homini lupus* si sostituisce l'*homo homini deus*. E se questo è lo Stato, non ci potrebbe essere altra realtà più lontana e opposta alla fede di Israele, al rapporto del popolo ebreo con il suo vero Dio, alla sua vera legge o Torah come la si voglia chiamare, alle sue vere Scritture messianiche. Non è possibile che dal ceppo dell'ebraismo, da cui sono venuti fuori i grandi Profeti, i Salmisti, lo stesso Gesù, per non parlare dei grandi rabbini, testimoni e sapienti che sono a loro seguiti nel tempo fino a oggi, da Rabbi Akiva a Ben Azzai, ad Arthur Green a Yehuda Elkana, a Scholem, a Jeff Alper, Jacob Taubes, Bruno Segre, e innumerevoli altri, possano derivare comportamenti come quelli a cui si sono abbandonati lo Stato e l'esercito di Israele a Gaza, così come nella colonizzazione della Cisgiordania. Anche a voler ammettere una interpretazione fondamentalista e letterale della Bibbia, non si può far risalire al Dio unico di Israele l'avallo della carneficina in corso. Non si capirebbe altrimenti il rapporto d'amore oggi ristabilito tra Ebrei e cristiani, le «amicizie ebraico-cristiane», la Dichiarazione *Nostra Aetate* del Concilio Vaticano II, il trasporto con cui papa Wojtyla ha definito gli Ebrei «i nostri fratelli maggiori», né il dolore di molti sinceri cattolici oggi, che non riconoscono più, in tutto ciò, l'Israele che amano. Perciò sotto accusa non può essere la fede di Israele.

Ancor meno si possono addebitare le scelte della politica israeliana al popolo ebreo come tale, assunto come etnia, lo stesso errore che fanno la Meloni e i suoi ministri quando parlano del popolo dei migranti in termini di «sostituzione etnica». È questa la via del razzismo, e proprio la Shoah ci dice che dal ripudio del razzismo non si può tornare indietro; perciò i rigurgiti di antisemitismo sono inconcepibili.

Tanto meno si può attribuire al messianismo la causa di questa indiscriminata azione militare di Israele. Per quanto il generale Effi Eitam, un eroe della guerra del Kippur e leader del partito religioso, quando entrò nel governo nel 2002, abbia scritto sul giornale *Haaretz* che «Israele è lo Stato di Dio [...] il leader del popolo ebreo occupa lo stesso posto che hanno avuto Mosè e il re David», non è certo questa iperbole che spiega l'orrore di Gaza. Ed è impossibile considerare le colonie in Cisgiordania come una realizzazione messianica. Pertanto il ritorno dell'antisemitismo si può sconfiggere se risulta ben chiaro che l'«inferno» (per dirla con l'Onu) che ha preso possesso dei palestinesi e di Gaza (con il rischio di espandersi in modo incontrollato nell'area mediterranea e nel mondo) non è imputabile né al popolo ebraico come tale, né alla fede di Israele, né al messianismo del ritorno alla terra. Se per la propria sicurezza futura il prezzo fosse lo sterminio degli altri sulla Terra, nessun Dio potrebbe invocarsi nei cieli.

Ma se le cause non sono queste, siamo sfidati a comprendere ciò che veramente accade, e che deve guidarci nelle nostre scelte politiche non solo per Israele e la Palestina, ma anche per lo scontro che è in atto oggi nel mondo, per il dispotismo americano, e per la devastazione della Terra.

Io credo che il vero buco nero nel quale si annida la catastrofe sia la concezione dello Stato, soprattutto quando l'assoluto della sovranità dello Stato si salda con altri valori concepiti come assoluti, quali a esempio le religioni, la nazione, il popolo, e magari anche la democrazia o il libero mercato. Il connubio tra l'assoluto di questi valori e l'assoluto del potere, genera mostri.

Questo vuol forse dire rinunziare allo Stato, destituirlo, per cui la soluzione sarebbe l'anarchia, o l'estinzione dello Stato? E vorrebbe dire transigere sull'ignominia di chi vuol abolire lo Stato di Israele? Certamente non è così. Lo Stato è a un grado avanzato della civiltà, mette gli uomini insieme, dovrebbe rimuovere gli ostacoli che di fatto impediscono la pienezza della vita. Ma è quando divinizza se stesso, che diventa un mostro, il Leviatano, che non riconosce alcun altro potere al di sopra di sé, per cui l'Altro è il Nemico, e, come dice René Girard i nemici sono speculari, l'uno è il doppio dell'altro; e il prodotto di questi Leviatani che si credono onnipotenti e sono in lotta tra loro è la guerra, è l'economia che uccide, è la società dello scarto, produce lo scacco del clima, il disastro ecologico, e non si cura della fine della specie.

La soluzione non è certo quella di negare lo Stato, ma di rifondarlo come nuovo, e questo vale anche per lo Stato di Israele.

Se il Messia non arriva

Ma a questo punto occorre andare più a fondo nella ricerca delle cause vicine e lontane di questo dramma, e affrontare la questione del messianismo, che è l'aspetto meno studiato della crisi attuale, ma anche la realtà da cui non si può prescindere se la si vuole veramente affrontare. Parliamo del messianismo, di «questa idea che il popolo ebraico ha donato al mondo e di cui ha dovuto pagare il prezzo» come ha scritto Gershom Scholem, il messianismo che è il «non ancora» che ha assillato la storia, il concetto che la modernità ha perduto, e che oggi nemmeno si può nominare, la buona notizia che il cristianesimo ha preso a fondamento della sua origine e poi ha depotenziato e eclissato. Ma se l'errore di tanta teologia cattolica è stato quello di aver fatto del messianismo una categoria escatologica rimandata a un imprecisato futuro, tanto da meritarsi l'accusa di «alienazione», di «disperdere il tesoro nei cieli», nell'ebraismo rabbinico la promessa messianica si sarebbe dovuta realizzare nella storia, ma non per opera umana; non si doveva «incalzare il Messia». L'idea era che la redenzione non è un evento ma un processo, non è una rivoluzione, ma uno sviluppo. La spiegazione della nascita dello Stato di Israele che gli studenti stranieri di ebraico si sono sentiti dare dal direttore sionista della scuola di Gerusalemme, «Il Messia non è venuto, e allora siamo venuti noi», è inammissibile. Il «fai da te messianico» appartiene a una riduzione razionalistica della fede di Israele.

E infatti una gran parte delle guide religiose e dei sapienti d'Israele era contraria a una forzatura politica del messianismo e alla istituzione di uno Stato; si temeva una catastrofe e venivano invocati i «tre giuramenti» che secondo il Midrash e il Talmud Dio avrebbe fatto fare al popolo ebreo, tra cui quello di «non salire sul muro» dell'esilio e di «non forzare la fine». Perciò Gershom Sholem, uno storico del messianismo ebraico, ha definito la vita ebraica come una vita vissuta nel differimento, e tre Maestri del Talmud hanno detto: che venga il Messia ma io non voglio vederlo[2]. È stata la Shoah a mette-

---

[2] Si trova la documentazione completa di tutto ciò nell'opera di Aviezer Ravitzky, premio Israele per la ricerca filosofica, *La fine svelata e lo Stato degli Ebrei*, e in Gershom Scholem, *Concetti fondamentali dell'ebraismo* (ambedue Marietti editore).

re in crisi questa idea del rinvio: si può ricordare Menachem Begin, il «terrorista» che fece saltare l'ambasciata inglese a Roma in via XX Settembre, e diverrà poi Primo Ministro di Israele, che disse: «Mai più gli Ebrei deboli e senza potere».

Occorre dunque affrontare il tema del messianismo non tanto perché la Palestina e Israele ne siano stati la patria, ma perché la Palestina rappresenta lo scoglio su cui oggi va a sbattere la storia del mondo, ed è quando la storia arriva a una rottura, a un blocco, che storicamente emerge il tema messianico.

Ma c'è una ragione specifica per la quale la crisi palestinese evoca il tema del messianismo; ed è che il sottinteso messianico interviene oggi a determinare la condotta dello Stato di Israele e a cementare l'unità della Nazione anche nelle politiche estreme di guerra, molto più di quanto l'opinione pubblica occidentale lo percepisca; l'Occidente non lo capisce perché ormai, messa da parte ogni filosofia della storia, non ha più nemmeno le categorie culturali per accorgersene; e in verità tutto il mondo dei «Gentili», dei non ebrei, non capisce l'ebraismo; e nello stesso Israele laico questo tema resta nascosto, e quando emerge esplode nelle forme dell'estremismo religioso, che il potere laico di governo usa a suo profitto e nello stesso tempo disdegna.

Non sono dati culturali, ma politici quelli che derivano dal messianismo dell'attuale Israele: quando a esempio il generale Effi Eitam, dichiarò a *Le Monde*:

> «La specificità del popolo ebreo è che noi crediamo all'esistenza del Signore del mondo. Anche i cristiani e i musulmani (ci credono), ma essi non formano un popolo. Noi sì. È la nostra particolarità. Noi siamo i soli al mondo a intrattenere un dialogo con Dio in quanto popolo. Il nostro Stato ha un messaggio da trasmettere al mondo, una missione: ricordare l'esistenza di Dio all'umanità [...]. La sola ragione d'essere di Israele è di essere uno Stato realmente ebraico».

E quando sul giornale *Haaretz* aveva scritto:

> «Israele è lo Stato di Dio [...]. Lo Stato di Israele è l'Arca di Noè per il futuro del mondo e il suo compito è rivelare l'immagine di Dio»,

ciò non era detto per la salvezza del mondo, ma per la potenza dello Stato di Israele.

Ma al di là di queste esplicite rivendicazioni religiose, le implicazioni messianiche – i «sovratoni messianici», come li chiamava Jacob Taubes citando Scholem – presenti nella politica dello Stato di Israele, risultano dalle analisi che gli stessi intellettuali laici ebrei fanno della condotta di Israele e del vero progetto che Israele persegue in Palestina.

È il caso di un saggio di Jeff Halper, un professore di antropologia all'Università Ben Gurion in Israele. Halper è un leader pacifista, che ispira e organizza la lotta dei pacifisti israeliani che si oppongono alla demolizione delle case dei Palestinesi. E lo fa perché ha capito qual è l'autentico progetto del governo di Israele nei riguardi della questione palestinese. È il progetto del *displacement*. Lo stesso Halper l'aveva illustrato in Italia in un seminario sul conflitto israelo-palestinese organizzato nel giugno del 2001 alla Sapienza di Roma da un gruppo di scienziati e scienziate contro la guerra.

Secondo questa analisi era in corso di attuazione un «progetto nascosto» di Israele, che ha ispirato la politica israeliana nei confronti dei Palestinesi fino a oggi.

Questo progetto non era mirato a una espulsione pura e semplice dei Palestinesi, né tantomeno a una spartizione tra i due popoli della stessa terra. Esso invece contemplava una presenza palestinese inglobata in una più ampia nozione di «terra di Israele»: un progetto che si rifà alla nozione di «*mishul*» secondo cui la terra di Israele appartiene esclusivamente agli Ebrei e deve essere «redenta» nella sua interezza. I non ebrei, i Palestinesi, possono vivere nel Paese, ma non perché ne abbiano diritto (e tantomeno il diritto al ritorno, che proprio per questa ragione di principio, più che per una ragione demografica, Israele esclude) ma solo perché viene loro permesso, perché vengono tollerati.

Dunque c'è un'idea di redenzione, e il messianismo consiste nella realizzazione di questo Paese della redenzione. Secondo Jeff Halper il progetto «terra di Israele», «legato com'è agli obiettivi e alle ideologie propri del movimento sionista, deriva da, e porta avanti, gli stessi processi che hanno favorito la nascita dello Stato di Israele».

Concepito così il disegno di un controllo di tutta l'antica terra di Israele, dal mare al Giordano. la presenza dei Palestinesi vi è contemplata, secondo l'analisi di Jeff Halper, nella forma del *displacement,* parola inglese intraducibile in italiano, che vuol dire spaesamento, sradicamento, estraneazione, spossessamento; i Palestinesi ci sono, ma è come se non ci fossero, come non avessero consistenza, non avessero radici, e naturalmente non avessero diritti; i rifugiati palestinesi sono stati a lungo descritti come «gente fuori posto». Si tratta pertanto di una forma sottile di *apartheid*, che non ha nulla a che fare con il razzismo, è una forma di contenimento, neutralizzazione, dominio; e tanto meglio se esercitata attraverso la mediazione degli stessi Palestinesi; è questo che si è tentato con Arafat, ed è ciò a cui il leader palestinese non si è prestato, e perciò alla fine è stato giudicato inservibile e abbandonato.

In questo quadro di per sé sarebbe stato ipotizzabile anche uno «Stato» palestinese, di cui si è tanto parlato in passato, benché Israele mai finora ne abbia accettato l'idea. Di due Stati, lo Stato di Israele e lo Stato palestinese si è ricominciato a parlare ora, dopo l'incendio di Gaza, quando ormai non è più possibile nemmeno pensarci. È tornata a parlarne la comunità internazionale, sono tornati a parlarne gli Stati Uniti, ne parla perfino la Meloni, dopo che per decenni se ne è parlato invano, e quando ormai per i fatti compiuti, con i 750.000 coloni insediati in Cisgiordania, la popolazione di Gaza braccata e in fuga, è una soluzione non più possibile. In ogni caso qui stava tutto l'equivoco. Si diceva Stato palestinese, ma non si trattava di uno Stato sovrano. Per noi, nella dottrina politica occidentale, quando si dice Stato si pensa alla sovranità, perché la sovranità è il coefficiente di identificazione dello Stato moderno; e benché oggi la sovranità sia deperita, a causa delle nascenti interdipendenze, è pur sempre la categoria della sovranità a definire lo Stato. Ma nel caso dell'eventuale Stato palestinese, la sovranità era ed è esclusa, si trattava piuttosto di una *devolution*, cioè del trasferimento in capo ai Palestinesi di determinati poteri di controllo e di autogestione, di una riduzione del popolo palestinese a un gruppo di pressione o a una lobby, come quella dei coloni, degli agricoltori o degli importatori, o simili, all'interno della società israeliana. Ma il vero controllo, cioè l'esercizio reale della sovranità, restava a Israele, attraverso una trama strategica di insediamenti, di postazioni militari, autostrade, parchi industriali extraterritoriali, punti di controllo diversi. Questi, pure occupando materialmente solo parti ristrette del territorio, sono tali da dominarlo integralmente, con una strutturazione reticolare che dalla grande Gerusalemme ai Quattro Cantoni in cui è suddivisa l'entità palestinese Halper aveva dettagliatamente analizzato e descritto nel saggio che accompagna gli atti di quel seminario.

Tutto ciò, nel progetto nascosto di Israele avrebbe dovuto portare a una occupazione consenziente: i palestinesi spaesati, privati del diritto alla terra e alla proprietà, privati del lavoro e dell'acqua, precarizzati, decimati nella classe dirigente, con le case demolite, gli ulivi estirpati, avrebbero dovuto alla fine arrivare ad accettare questa situazione, sancita come definitiva in un accordo di pace, come quel mitico accordo di pace che si dice fosse stato offerto a Arafat e che Arafat avrebbe rifiutato.

Questo progetto era così esplicitamente descritto nell'intervista di Effi Eitam a *Le Monde* che abbiamo citato: l'obiettivo dell'azione israeliana è di

> «rendere ben chiaro ai Palestinesi che nessuna sovranità che non sia quella israeliana esisterà mai tra il mare e il Giordano».

Ossia, spiegava il generale,

> «i Palestinesi dei territori avranno tutti i diritti tranne la sovranità, la cittadinanza e il porto d'armi».

Occorre rilevare che nell'attuale sistema ancora tutto basato sugli Stati, alla cittadinanza sono legati tutti i diritti, a cominciare da quelli fondamentali.

Ma qui c'è un ulteriore svelamento quale risulta dall'analisi di questo saggio di Jeff Halper; e cioè che questo progetto, per realizzarsi, ha bisogno della disperazione palestinese. Abbiamo sempre creduto che la disperazione palestinese fosse la conseguenza della situazione di fatto, fosse il prezzo di una politica sbagliata, un effetto doloroso ma non cercato, non voluto, di questo progetto politico. Ma non è così. La disperazione fa parte del progetto. Senza disperazione esso non si può realizzare. Se ne trova la ragione in un discorso fatto da Ben Gurion, uno dei padri fondatori di Israele, nel 1936, quando Israele era ancora solo un progetto politico, che proprio Ben Gurion aveva elaborato.

Diceva Ben Gurion all'Agenzia ebraica, che era «assolutamente fuori questione» che quel progetto si potesse realizzare attraverso un accordo: «Gli Arabi non potranno mai accettare uno Stato di Israele se non dopo essere arrivati alla completa disperazione, una disperazione che non verrà solo dal fallimento delle loro azioni di disturbo e tentativi di ribellione, ma anche dalla conseguenza della nostra crescita nel Paese».

E un altro padre fondatore del sionismo politico, il revisionista di destra fondatore dell'*Irgun,* Ze'ev Jabotinsky scriveva nel 1923:

> «Qualsiasi popolazione indigena si opporrà ai nuovi arrivati finché avrà la speranza di liberarsi dal pericolo di insediamento di stranieri. Questo è il modo in cui gli Arabi si comporteranno e continueranno a comportarsi finché avranno un

> briciolo di speranza di poter evitare che la Palestina diventi la terra di Israele».

La sola strada, quindi, passava

> «dal muro di ferro, ossia dall'istituzione in Palestina di una forza che non possa in alcun modo essere modificata dalla pressione araba [...] Un accordo volontario è impossibile da raggiungere [...] O sospendiamo la nostra attività insediativa o andiamo avanti senza prestare attenzione allo stato d'animo dei nativi (come erano allora chiamati i Palestinesi). Gli insediamenti dovranno così svilupparsi sotto la protezione di una forza che non dipende dalla popolazione locale, dietro un muro di ferro che essi non possono infrangere».

L'errore di Israele, da cui tutto il resto è disceso, è stato di accettare questa situazione come immutabile, e di affidare perciò solo alla forza la preservazione dell'esistenza stessa dello Stato. Ma, come si sa, la forza non è onnipotente.

In realtà i nativi, cioè i Palestinesi, hanno finito per accettare l'insediamento dello Stato di Israele nella maggior parte della Palestina, ma la loro disperazione non è arrivata fino ad accettare l'occupazione totale di tutta la terra dal mare al Giordano. Perciò la disperazione, come strategia, ha finito per diventare un ingrediente essenziale della politica israeliana.

E questa è l'origine di Hamas, che non è nata da «un vuoto», come ha detto il segretario dell'Onu Guterres cercando di spiegare le ragioni dell'attacco terroristico di Hamas del 7 ottobre a Gaza. La disperazione palestinese, invece di tradursi in presa di coscienza dell'impotenza e in rassegnazione, dando luogo all'occupazione consenziente, si è trasformata direttamente in morte; l'estraneazione, lo spossessamento, ha finito per estraniare e spaesare le vittime non solo dal Paese, dal territorio, ma anche dal loro corpo. E quando i corpi non valgono più, quando già appartengono alla morte, quando non sono più visti, non più riconosciuti, nella loro fame, nella loro cultura, o anche solo nel loro nudo esistere, nel semplice esserci, allora quei corpi sono pronti per contagiare la morte, per saltare in aria e avvilupparsi nel fuoco con quelli dei loro nemici. E quanto più si anticiperà, preventiva, l'uccisione dei kamikaze, tanto più si anticiperà la loro azione suicida, e tanto più si faranno brevi i tempi della vendetta. È così che sono venuti i kamikaze, e Hamas ha organizzato la sua guerra disperata, che a sua volta non poteva che provocare la devastante reazione israeliana. La disperazione si ritorce contro chi l'ha promossa. E se questo è l'esito del messianismo, aveva ragione Jacob Taubes quando diceva che «senza una trasfigurazione dell'idea messianica», esso porta direttamente nell'abisso. Per questo la famosa passeggiata di Sharon sulla spianata delle Moschee, ponendosi come un gesto apocalittico, aveva questo senso, anche se inconsapevole, di «forzare la fine». Per queste ragioni si può dire che la vera fonte dell'antisemitismo viene oggi dallo Stato di Israele. Il vero antisionista è lui.

Come dunque uscirne? Non si può offrire agli Ebrei la soluzione tutta occidentale del laicismo di Stato, per cui uno Stato vale l'altro, se ne possono fare due o tre in Israele, in Cisgiordania, a Gaza, purché ci sia un potere e un'armata che tenga tutto sotto controllo. Nemmeno si può chiedere allo Stato ebraico di passare all'ateismo, che è il non detto della secolarizzazione, o di sposare il post-teismo, che è il non detto dell'ateismo. Tanto meno di passare al cristianesimo, problema chiuso 2000 anni fa, che sarebbe il non detto del proselitismo, che papa Francesco definisce come «una solenne sciocchezza». E nemmeno si devono abrogare i valori che gli sono più o meno strettamente congiunti. Occorre sanare il loro rapporto, renderlo vitale, reciprocamente liberante. Non si può chiedere agli Ebrei dello Stato di Israele di abbandonare il giudaismo, ma si può chiedere loro di non voler istituire lo Stato solo degli Ebrei, anzi di gloriarsi delle sue diverse storie, della varietà delle culture e delle lingue; si può chiedere loro di dar ragione di una fede che non fa proseliti ma genera altre fedi, di testimoniare il Messia che non viene ora, ma che ne prepara e annunzia altri prima di lui. E nemmeno si può proporre a Israele un cambiamento che è *oggi* impossibile. Il cambiamento impossibile è quello sempre proposto dalla cultura avanzata e laica dei Palestinesi. Parliamo dei Palestinesi che si rifanno alla tradizione di Arafat e dell'OLP, e non di quelli che si abbandonano alla cultura di Hamas e degli estremisti islamici. Tale proposta è quella di uno Stato laico, democratico e pluralista in Palestina. Questo è anche l'unico modello proposto dall'Occidente. Dato che ormai è stato reso impossibile dall'esercito, dai coloni e dal governo la soluzione dei due Stati, è rimasta come plausibile solo l'opzione di un solo Stato democratico, non etnico, non confessionale, non sionista. È questa la soluzione che corrisponde all'attuale cultura dell'Occidente, laica, secolare, post-teista; si può anzi dire che, di fatto, anche se non di nome, la concezione stessa dello Stato in Occidente è una concezione atea, tanto che Berlinguer dovette differenziarne il Pci dicendo che esso era non teista, non ateista, non antiteista. Se non lo era il Pci tanto meno lo può essere Israele. Chiedere *oggi* a Israele di non essere più uno Stato la cui ragione di essere è la fede religiosa dell'ebraismo, cioè il riferimento alla legge, alla Torah, e ai profeti, e che non sia più la patria d'elezione, sicura e riconosciuta, di tutti gli Ebrei che vi si vogliano insediare e vivere significa, questo sì, negare l'esistenza dello Stato d'Israele, ributtarlo a mare, e così il popolo ebreo finché con esso questo Stato si identifica.

La soluzione è invece la più difficile. Deve cambiare la concezione e la natura dello Stato, che non deve essere né lo Stato moloch né lo Stato leviatano che sta nell'ideologia bellicista e sovranista dell'Occidente, ma uno Stato come gli altri, che si può discutere nelle sue scelte sociali e politiche, uno Stato in cui coesistano diversi ordinamenti giuridici che permettano e garantiscano a ognuno dei popoli che lo abitano di mantenere la propria cultura, le proprie tradizioni e la propria religione. Si può dire che questo Stato ideale non esiste neanche fuori d'Israele, né potrà esistere finché ci comportiamo come i nipotini di Thomas Hobbes e di Friedrich Nietzsche, eppure in qualche modo fu presagito dai Costituenti italiani che fecero la battaglia per una Costituzione laica e democratica, fondata sull'eguaglianza e l'universalità dei diritti, ma che includesse gli art. 7, 8 e 9, cioè convivenza Stato-Chiesa, religioni libere ma non affare privato, tutela del patrimonio storico della nazione non solo per l'oggi, ma in funzione delle generazioni future.

Realizzare questo progetto di Stato, già di per sé difficilissimo, è incompatibile con l'attuale natura dello Stato di Israele. Né basta, come dice una vulgata a buon mercato, far fuori Netanyahu. Bisogna invece mettere all'opera l'invenzione giuridica, pensare il nuovo, far sì che «nuove strutture dell'immaginario prendano vita in Terra Santa», come ha scritto Marco Alloni. Si può pensare a un solo Stato, con una sovranità condivisa, due popoli sulla stessa terra, due ordinamenti autonomi ma conciliati, tre religioni ciascuna con le sue ermeneutiche, e molte fedi in dialogo, capaci di letture non fondamentaliste dei testi sacri, che si tratti delle Scritture bibliche, evangeliche, vediche o coraniche.

Se si volesse enunciare un paradosso, si potrebbe applicare anche qui l'artificio per il quale, secondo Carl Schmitt, tutti i principali concetti politici dell'Occidente sono concetti teologici secolarizzati (come l'onnipotenza dello Stato, la «grazia», la sovranità, ecc.). Si potrebbe allora dire che per una soluzione del problema della convivenza tra i due popoli e i due ordinamenti giuridici di israeliani e palestinesi, ci vorrebbe un miracolo di tipo calcedonese; e come il Concilio di Calcedonia teorizzò il rapporto tra le due nature, umana e divina, del Cristo, così si potrebbe dire che i due popoli dovrebbero realizzare un miracolo di convivenza, un miracolo di tipo calcedonese: come a Calcedonia si trovò una formula mirabile per dire l'unità nella distinzione, così i due popoli dovrebbero vivere insieme, nella stessa terra, nei loro due Stati, «immutati, non divisi e non confusi». Immutati, nel senso di mantenere ciascuno la propria identità, non divisi, nel senso che ormai non può darsi separazione tra loro senza genocidio, e non confusi nel senso che ognuno deve poter vivere secondo i propri ordinamenti, la propria religione e le proprie leggi.

Questo si dovrebbe fare, e proprio questo è impossibile. Se resta l'attuale identità dello Stato, che esso viva in pace è impossibile, e il genocidio è inevitabile. Se la terra come diritto naturale, storico e religioso, non si può discutere nemmeno per una sua piccola parte, compresa Gaza e la Cisgiordania, come sostenevano i rabbini della corrente ortodossa che si opposero al ritiro da Gaza deciso da Sharon, se Gerusalemme è definita, senza alcun compromesso possibile, come una città indivisibile e capitale eterna di Israele, se il popolo ebreo, e lui solo, esercita su questa terra un diritto originario all'autodeterminazione, cioè alla sovranità e ai diritti politici, e se lo Stato di Israele si identifica con l'intero popolo ebreo, abbracciando anche tutti gli Ebrei della Diaspora, Israele non può ricondursi a una misura comune, non può riuscire a conformarsi al diritto internazionale comune, non si fa giudicare secondo una morale comune. Ciò fa problema per i rapporti con quanti non condividono la stessa identità, ma anche con molti ebrei della Diaspora. Ha fatto impressione come, a proposito della tragedia di Gaza, Liliana Segre abbia espresso il suo disagio dicendo:

> «L'eterno ritorno della guerra mi fa sentire prigioniera di una trappola mentale senza uscita, spettatrice impotente, in pena per Israele ma anche per tutti i palestinesi innocenti, entrambi intrappolati nella catena delle violenze e dei rancori. E non ho soluzioni. E non ho più parole. Ho solo pensieri tristi. Provo angoscia per gli ostaggi e per le loro famiglie. Provo pietà per tutti i bambini, che sono sacri senza distinzione di nazionalità o di fede, che soffrono e muoiono. Che pagano perché altri non hanno saputo trovare le vie della pace».

E allora la soluzione c'è, ed è quella profeticamente proposta da Primo Levi poco prima della sua tragica morte, nella intervista a Gad Lerner del 1984: è la scelta di distinguere lo Stato d'Israele dall'ebraismo della Diaspora, e di porre in questo, non nello Stato, l'epifania dell'identità ebraica, il centro di gravità e di irradiazione dell'ebraismo, il cuore dello stesso messianismo, di «questo dono» dagli Ebrei fatto al mondo.

> «Mi sono convinto – disse Primo Levi nell'intervista pubblicata sull'*Espresso* del 30 settembre 1984 – che il ruolo d'Israele come centro unificatore dell'ebraismo adesso – sottolineo l'«adesso» – è in una fase di eclissi. Bisogna quindi che il baricentro dell'ebraismo si rovesci, torni fuori d'Israele, torni fra noi Ebrei della Diaspora».

E aggiunse:

> «Credo che sta a noi, Ebrei della Diaspora, combattere. Ricordare ai nostri amici israeliani che essere ebrei vuol dire un'altra cosa. Custodire gelosamente il filone ebraico della tolleranza. Certo, mi rendo conto di toccare cosí un punto cruciale, e cioè l'interrogativo: dov'è oggi il baricentro dell'ebraismo?».

E rispose:

> «Ci ho meditato a lungo: il baricentro è nella Diaspora, torna a essere nella Diaspora. Io, ebreo diasporico, molto più italiano che ebreo, preferirei che il baricentro dell'ebraismo rimanesse fuori d'Israele [...]. Credo che la corrente principale dell'ebraismo sia meglio preservata altrove che in Israele».

E alla domanda se non fosse stato invece proprio Israele a infondere forza e sicurezza in tutti gli Ebrei del mondo, la risposta fu:

> «Purtroppo si deve parlare di un rovesciamento. Alla fonte da cui traevano forza gli Ebrei della Diaspora oggi traggono motivi di riflessione e di travaglio. Per questo parlo di eclissi, spero momentanea, del ruolo d'Israele come centro unificatore dell'ebraismo. Noi dobbiamo appoggiare Israele, come ci chiedono anche le sue sedi diplomatiche, ma dobbiamo altresì fargli sentire il peso numerico, culturale, tradizionale, perfino economico della Diaspora. Abbiamo il potere e anche il dovere di influire in qualche misura sulla politica israeliana». In primo luogo – ed era il problema di allora – sollecitando il ritiro dal Libano, ma «altrettanto urgente è bloccare i nuovi insediamenti ebraici nei territori occupati. Dopo di che va cautamente ma decisamente perseguito il ritiro dalla Cisgiordania e da Gaza».

E concluse:

> «Io sono convinto che Israele va difeso, credo nella dolorosa necessità di un esercito efficiente. Ma sono convinto che anche al governo israeliano faccia bene confrontarsi con un nostro appoggio sempre condizionato».

Secondo Primo Levi questo passaggio del testimone dallo Stato di Israele agli Ebrei della diaspora riguardava «l'attuale» – e sottolineava l'attuale – Israele, cioè l'Israele di allora. Ma questo è tanto più necessario per l'Israele di oggi, che presentandosi come se fosse esso stesso l'intero popolo ebraico, viene identificato come la vittima stessa della Shoah, e se ne avvale come legittimazione indiscutibile di tutto quello che decide e che fa; in tal modo la Shoah diventa l'arma assoluta di cui nessun altro Stato dispone per assicurarsi l'immunità, invece di essere la memoria atroce di un «mai più» che deve valere per tutti. Solo se si riesce a separare il popolo ebreo dalla carneficina di Gaza e della Cisgiordania è possibile resistere all'antisemitismo risorgente, e per dirla in modo ancora più angosciato, solo se si distingue lo Stato apocalittico di Israele dal resto dell'ebraismo, si può salvare il popolo ebreo.

Forse per giungere a questo potrebbe aiutare l'ingresso dello Stato di Israele nella Unione Europea. Come abbiamo detto nel 1989 il Parlamento italiano votò quasi all'unanimità una risoluzione in cui si prospettava l'ingresso simultaneo di Israele e della Palestina nella Comunità Europea. Forse ora, cambiati i tempi, l'Europa, se fosse diversa, potrebbe offrire se stessa, per questa pace.

Sarebbe questa l'alternativa al nichilismo, alle lotte iconoclaste, alla desertificazione della Terra, alla *Delenda Carthago* che distrugge anzitutto se stessi.

Del resto non solo per l'Europa, ma per il mondo tutto, la soluzione starebbe nello scioglimento dei nodi degli ibridismi religiosi, degli Stati confessionali e degli ateismi di Stato, degli Stati etici e degli Stati messianici, del nuovo secolo americano e dello scontro di civiltà, della competizione strategica e della ragion di Stato.

Per uno "Stato della Città di Sion (SCS)"

Se lo Stato d'Israele guadagna la sua autonomia, la nuova generazione di Israeliani, i giovani di Tel Aviv e delle Università, delle discoteche e dei *rave*, non avranno la propria vita e i propri sogni notturni gravati dal peso di essere figli di uno sterminio, il cui retaggio è già oggi assente in molti di loro. E la fedeltà alla Shoah, il vincolo a farsi degni della grandezza della sua memoria non ricadrà più solo sullo Stato, sulle sue classi dirigenti, sui suoi governi, sul suo esercito, sui suoi Servizi, ma starà in mano, come già tutta la storia di Israele, al popolo ebreo della Diaspora.

Lo Stato potrà allora seguire il suo genio e commettere i suoi errori, sbagliare anche la sua giustizia, senza la costrizione di un riflesso condizionato e senza sottrarsi ai rapporti di parità e al libero giudizio degli altri Stati, e i nati in Israele potranno costruirsi la loro identità, e gli orrori passati non potranno più essere interpretati come un appello all'odio, come temeva Yehuda Elkana.

C'è però un problema. Ed è che in tal modo gli Ebrei presenti in tutto il mondo sarebbero privi di una rappresentanza globale, di un centro di riferimento spirituale e istituzionale.

Ma a questo punto potremmo attivare la dinamica evocata nel libro biblico di Gioele: «i vostri anziani avranno sogni e i giovani avranno visioni». Noi abbiamo dunque il titolo per avere un sogno, un sogno diurno, in posizione eretta, che però è anche una visione, perché nell'anziano c'è anche il giovane che era. Il sogno e la visione sono questi, che si istituisca un'Autorità mondiale della Diaspora, una sorta di vertice rabbinico mondiale, che dia stabilità e continuità a una espressione planetaria dell'ebraismo, come presagito in esperienze del passato, quale la conferenza rabbinica mondiale del 2010, e come accade per altre confessioni religiose e in particolare per la Chiesa cattolica.

Si potrebbe allora pensare a un'area extraterritoriale di Gerusalemme, dalla Spianata delle moschee al Muro del pianto al Calvario, nella quale si incontrino, ognuna nella forma da ciascuna prescelta, la religione ebraica, le diverse confessioni cristiane e un'espressione rappresentativa della Umma islamica, i tre grandi filoni del monoteismo religioso, tutti e tre idealmente risalenti ad Abramo, il semita errante che lavò i piedi ai tre Personaggi, Angeli o Trinità divina che fossero, venuti alla sua tenda presso le querce di Mamre. Potrebbe diventare questa lo Stato della Città di Sion, Città aperta e libera all'interno dello Stato ormai non più confessionale di Israele, l'una e l'altro garantiti da rapporti concordati tra loro. Israele, o Palestina, con capitale Gerusalemme, sarebbe lo Stato dei due popoli, l'ebreo e il palestinese, e lo Stato della Città di Sion (SCS) sarebbe il luogo del dialogo e della comunione fra le tre fedi e la pluralità delle loro culture, germe e presagio dell'unità dell'intero genere umano. Ce ne sono già i documenti fondativi, come la profezia di Michea (4), secondo la quale

> «Verranno molte genti e diranno: "Venite, saliamo sul monte del Signore e al tempio del Dio di Giacobbe, perché ci insegni le sue vie e possiamo camminare per i suoi sentieri". Poiché da Sion uscirà la legge e da Gerusalemme la parola del Signore. Egli sarà giudice fra molti popoli e arbitro fra genti potenti, fino alle più lontane. Spezzeranno le loro spade e ne faranno aratri, delle loro lance faranno falci; una nazione non alzerà più la spada contro un'altra nazione, non impareranno più l'arte della guerra. Siederanno ognuno tranquillo sotto la vite e sotto il fico e

più nessuno li spaventerà! Tutti gli altri popoli camminino pure ognuno nel nome del suo dio, noi cammineremo nel nome del Signore, nostro Dio, in eterno e per sempre».

E c'è il documento islamo-cristiano firmato da papa Francesco e dall'Imam Aḥmad al-Ṭayyib ad Abu Dhabi:

«In nome di Dio, Al-Azhar al-Sharif (l'Università islamica del Cairo) – con i musulmani d'Oriente e d'Occidente –, insieme alla Chiesa Cattolica – con i cattolici d'Oriente e d'Occidente – dichiarano di adottare la cultura del dialogo come via; la collaborazione comune come condotta; la conoscenza reciproca come metodo e criterio [...].

Altresì dichiariamo – fermamente – che le religioni non incitano mai alla guerra e non sollecitano sentimenti di odio, ostilità, estremismo, né invitano alla violenza o allo spargimento di sangue. Queste sciagure sono frutto della deviazione dagli insegnamenti religiosi, dell'uso politico delle religioni e anche delle interpretazioni di gruppi di uomini di religione che hanno abusato – in alcune fasi della storia – dell'influenza del sentimento religioso sui cuori degli uomini per portali a compiere ciò che non ha nulla a che vedere con la verità della religione, per realizzare fini politici e economici mondani e miopi. Per questo noi chiediamo a tutti di cessare di strumentalizzare le religioni per incitare all'odio, alla violenza, all'estremismo e al fanatismo cieco e di smettere di usare il nome di Dio per giustificare atti di omicidio, di esilio, di terrorismo e di oppressione. Lo chiediamo per la nostra fede comune in Dio, che non ha creato gli uomini per essere uccisi o per scontrarsi tra di loro e neppure per essere torturati o umiliati nella loro vita e nella loro esistenza. Infatti Dio, l'Onnipotente, non ha bisogno di essere difeso da nessuno e non vuole che il Suo nome venga usato per terrorizzare la gente.

La libertà è un diritto di ogni persona: ciascuno gode della libertà di credo, di pensiero, di espressione e di azione. Il pluralismo e le diversità di religione, di colore, di sesso, di razza e di lingua sono una sapiente volontà divina, con la quale Dio ha creato gli esseri umani. Questa Sapienza divina è l'origine da cui deriva il diritto alla libertà di credo e alla libertà di essere diversi. Per questo si condanna il fatto di costringere la gente ad aderire a una certa religione o a una certa cultura, come pure di imporre uno stile di civiltà che gli altri non accettano».

Se è Dio stesso a volere una pluralità di religioni, nessuna può dichiarare infedele l'altra, e tutte possono incontrarsi in pace a Gerusalemme, la Gerusalemme delle Genti, figura della Gerusalemme nuova, che scende dal cielo, annunziata dai profeti.

Riepilogo[3]

Quale chiave di lettura può essere data della tragedia che in questi giorni, in queste ore, si sta consumando a Gaza?
Di tragedie ce ne sono tre. La prima è la tragedia che si sta abbattendo su Gaza. Secondo un linguaggio comune, corrente, non si può definire genocidio, perché genocidio vuol dire, nell'idea comune, la distruzione di un intero popolo. Però se si prende il genocidio nel senso specifico, tecnico, che è stato usato dall'Onu nella Risoluzione del 1946 e poi nella Convenzione per la prevenzione e la repressione del delitto di genocidio, allora quello che si sta perpetrando nella Striscia di Gaza è un genocidio. Perché secondo questa definizione, genocidio è l'uccisione o il tentativo di distruzione anche di una

[3] Intervista di Umberto De Giovannangeli a Raniero La Valle (*l'Unità*, 27 ottobre 2023, prima dell'invasione israeliana a Gaza.).

parte o singoli membri di un popolo in quanto appartengono a quel popolo, oppure appartengono a un gruppo etnico, razziale, religioso, politico come tale. In questo senso specifico c'è certamente un genocidio in corso, perché c'è una intera popolazione di un'intera area geografica che è condannata a essere senza acqua, senza cibo, senza elettricità, senza ospedali... Da questo punto di vista è una tragedia. La domanda è perché tutti, tranne poche eccezioni, dicono a Israele che non deve entrare a Gaza e completare l'opera di distruzione...

Domanda fondamentale. E qual è la sua risposta?
Perché il mondo intero teme un'altra tragedia. Che è la tragedia dello Stato d'Israele, il quale se continua su questa strada su cui lo ha messo Netanyahu, certamente otterrà una vendetta, una rappresaglia rispetto alla terribile offesa, al terribile attacco e aggressione che ha subito da Hamas, ma si mette in pericolo, a rischio. Perché compie un'azione che dalla grandissima maggioranza del mondo e dalle stesse Nazioni Unite è riprovata, considerata eccessiva, non umana.

Questo mette in pericolo lo Stato d'Israele. E vorrei dire che il pericolo, che molti israeliani addebitano a Netanyahu perché non è stato capace di prevenire l'attacco subìto il 7 Ottobre sul confine della Striscia di Gaza, in realtà risale a Netanyahu molto prima. Non va dimenticato che Netanyahu per più di tredici anni è stato al governo d'Israele, e l'ultimo scempio che stava tentando di fare era quello contro le istituzioni fondamentali dello Stato, a cominciare dalla magistratura. Questo ci porta a dire la terza tragedia che io vedo e che viene invece meno rilevata e considerata o non considerata da una cultura occidentale, che non è abituata più a ragionare in questi termini.

Quale sarebbe questa terza tragedia?
È la tragedia dell'ebraismo come religione. Dell'ebraismo come comunità religiosa, come fede, come patrimonio, come tradizione. Il rischio che sta subendo oggi l'ebraismo è la sua identificazione assoluta con lo Stato d'Israele; ciò fa sì che qualsiasi giudizio che si dia sullo Stato d'Israele, buono o cattivo, e in questo momento è in maggior parte un giudizio severo e di critica, si rifrange e si estende sull'ebraismo stesso. E questo non per un abuso degli osservatori esterni, ma perché questa è l'identità che ha rivendicato a sé lo Stato d'Israele. Ma attenzione. Non all'inizio del sionismo. Perché quando il sionismo ha cominciato la sua battaglia, all'inizio dell'altro secolo, aveva in mente la collo-

cazione degli Ebrei in una terra che fosse loro, in cui si unisse democrazia e sionismo. Questa è stata ancora l'idea fondativa, l'idea originaria, su cui si è costituito lo Stato d'Israele nel 1948, tanto è vero che tutti ancora adesso stancamente ripetono come un mantra, che Israele è l'unica democrazia del Medio Oriente. Che cosa è successo, però? È successo che la fondazione dello Stato non è stata affatto così (c'è stata la Nakba) e nella lunga e perversa gestione politica di Netanyahu dello Stato d'Israele, è arrivata nel 2018 la Legge costituzionale che questi ha voluto e che ha potuto varare perché, non avendo avuto una maggioranza nelle elezioni, si era alleato con i partiti religiosi, ultraortodossi, estremisti della destra, ottenendo così una maggioranza risicata alla Knesset, il parlamento israeliano. E con questa maggioranza risicata ha fatto approvare alla Knesset la Legge costituzionale con cui è stata ridefinita l'identità dello Stato d'Israele. Se lo Stato d'Israele doveva essere uno Stato democratico, con quella legge del luglio 2018, viene professato come lo «Stato nazione del popolo ebreo». In questa legge d'identità, ci sono tre pilastri che spiegano tutto quello che è venuto dopo e in qualche modo, se vengono mantenuti, attestano anche la impossibilità di risolvere il problema israelo-palestinese. Per cui questa ripetizione della proposta di «due popoli, due Stati», anche se fatta in buona fede, non ha in questo momento, come del resto non l'ha avuta per tutti questi decenni, alcuna possibilità di realizzazione.

Quali sono i pilastri di questa legge sullo Stato ebraico?
Il primo è il riferimento alla terra. Alla sacra terra di Eretz Israel. L'insediamento in quella terra viene definito come un diritto naturale. Quindi non è un diritto politico, non è un diritto che nasce, come per tutti gli altri popoli o Stati, da una vicenda culturale, storica o di nascita, ma è considerato un diritto naturale. Da questa declinazione discende che il diritto di esercitare l'autodeterminazione nazionale nello Stato d'Israele è esclusivamente per il popolo ebraico. È detto nel paragrafo C del primo principio fondamentale. Quindi si afferma che il popolo ebraico è l'unico ad avere il diritto di autodeterminazione nello Stato. Autodeterminazione vuol dire la sovranità, vuol dire i diritti politici. Perciò, se questo popolo è l'unico ad avere i diritti politici, viene definito per Costituzione che nessun altro popolo li possa avere. Ne discende che per ciò che concerne il popolo palestinese, non è questione solamente che

deve essere tenuto in una condizione di minorità, ma non deve esistere. Non deve esistere perché non può avere una esistenza politica, cioè non può avere una esistenza reale. Da qui discendono gli altri due pilastri della legge costituzionale ebraica.

Quali?

Il primo è che viene rivendicata, come capitale dello Stato, Gerusalemme «integra e unita». Il che vuol dire che non è possibile pensare a una Gerusalemme Est in cui sia insediato un eventuale governo palestinese. Gerusalemme è definita per legge costituzionale indivisibile. Una e indivisibile. Le istanze della comunità internazionale di fare di Gerusalemme la capitale, certo d'Israele ma anche la capitale della Palestina, sono cancellate, escluse da questa legge. L'altro pilastro dei tre è quello che riguarda le colonie: Punto 7, insediamenti ebraici. C'è scritto: «Lo Stato considera lo sviluppo di insediamenti ebraici come valore nazionale e agirà per incoraggiare e promuoverne l'insediamento e il consolidamento». Se si parla di insediamenti, evidentemente non si parla della terra originariamente d'Israele. Si parla della presenza dei coloni ebraici nei territori occupati, cioè nella Cisgiordania, a Gerusalemme, nell'area che è stata acquisita, conquistata, da Israele nella Guerra dei Sei giorni del '67. E quindi le colonie. E quindi i 700mila coloni che oggi in 270 insediamenti sono sparsi in tutta la Cisgiordania. Su una popolazione di 3 milioni di palestinese, quindi con una proporzione molto considerevole, innaturale rispetto a una terra che è terra dei palestinesi. E questa è l'altra cosa che rende impossibile pensare a uno Stato palestinese, anche perché questi insediamenti sono fatti a rete, collegati gli uni con gli altri, per cui resta una pelle di leopardo per i palestinesi.

Infine, l'ultimo pilastro è che la competenza dello Stato d'Israele, cosa che non esiste per nessun altro Stato al mondo, viene estesa agli Ebrei della diaspora, cioè agli Ebrei che vivono in qualsiasi altra parte del mondo e che non stanno in Israele. Infatti dice l'articolo 6: – «Collegamento con il popolo ebraico» – «Lo Stato agirà nell'ambito della diaspora per rafforzare l'affinità fra essa e i membri del popolo ebraico», e poi «Lo Stato agirà per preservare il patrimonio culturale, storico, religioso del popolo ebraico fra gli Ebrei della diaspora». Il che vuol dire una competenza generale dello Stato d'Israele che si estende a tutti i membri del popolo ebraico che sono sparsi nel mondo. Questa identificazione dello Stato così concepito con il popolo ebreo – che si chiama popolo ebreo non tanto e non solo per l'etnia, ma per la fede d'Israele, per la grande tradizione biblica, per la grande storia che è l'ebraismo, per il messaggio dei profeti, la tradizione della Torah, il peso che tutto ciò ha avuto nel mondo – viene legata a questo momento specifico dell'esistenza politica dello Stato d'Israele, e quindi nel pericolo che lo Stato d'Israele in questo momento sta correndo viene coinvolto in toto l'ebraismo.

Se una angoscia c'è da avere, come la chiama un grande ebreo, filosofo e scienziato, Yehuda Elkana, questa angoscia esistenziale che gli Ebrei hanno mantenuto dopo l'immane tragedia della Shoah, è un'angoscia che riguarda Gaza, riguarda lo Stato d'Israele, ma riguarda la religione stessa dell'ebraismo.

Alla luce di tutte queste importanti considerazioni, siamo davvero in una situazione senza via d'uscita?

La via di uscita è che ci sia una conversione di questi elementi, di queste realtà. È evidente che non basta né una soluzione puramente giuridica né la soluzione di un compromesso fragile e revocabile. Qui si scontrano grandi forze, anche militari. Probabilmente, su questo piano, lo Stato d'Israele riesce a superare il pericolo di oggi, perché è una grande potenza militare, perché è un avamposto degli Stati Uniti in Medio Oriente, perché ha una ovvia solidarietà della maggior parte della comunità internazionale, soprattutto di quella occidentale. È possibile, altamente probabile, che lo Stato d'Israele, possa superare il pericolo. Però non è possibile che questa situazione si possa sanare. E per i palestinesi e per l'ebraismo. Perché questa cosa non accada, bisogna che tutte e tre queste realtà passino attraverso una profonda conversione. Per quanto riguarda i palestinesi, sempre di più si deve affermare la distinzione tra il popolo palestinese e le frange estremistiche o addirittura terroristiche che compromettono la vita, l'esistenza, la causa, i diritti sacrosanti del popolo palestinese. Una conversione profonda dello Stato d'Israele che non può più continuare a identificarsi, *simpliciter*, con la religione ebraica. E poi anche una conversione dell'ebraismo, che non è una prepotenza che viene esercitata dal di fuori, ma è possibile così come questa conversione l'ha subita anche il cristianesimo.

Vale a dire?

Anche il cristianesimo è passato attraverso una fase che è durata quasi mille anni, la fase di «cristianità», che secondo uno storico austriaco, ben noto a papa Francesco, Friedrich Heer, ha rappresentato il tentativo dell'instaurazione di uno Stato totalitario europeo, da Costantino a Hitler. Il cristianesimo è uscito da questo attraverso il superamento del regime di cristianità, del regime costantiniano, con la grande revisione fatta nel Concilio Vaticano II e che oggi viene così mirabilmente espressa da papa Francesco. Che le religioni abbiano bisogno di una continua presa di coscienza di se stesse, di andare nel profondo della propria tradizione e riuscire a interpretare le proprie stesse pagine fondatrici in un modo che sia corrispondente alle esigenze dei tempi, è una cosa che le riguarda tutte, e dunque anche l'ebraismo. Io penso che il dialogo ebraico-cristiano, che è una grande conquista di questi ultimi decenni, un grande valore, a cui sono arrivati con piena convinzione i cattolici della Chiesa romana ma anche delle altre confessioni, in cui è cominciato a entrare anche l'ebraismo, sia da preservare e rafforzare, e possa riuscire ad aiutare reciprocamente gli uni e gli altri a convertirsi. La soluzione non è per domani, è una soluzione a lungo termine, ma è importante che almeno venga avviata, se c'è una volontà sincera di rivedere le cause che hanno portato alla tragedia attuale, che può anche degenerare in una guerra mondiale.

Il messianismo e la modernità

Abbiamo visto nelle pagine precedenti come Gershom Scholem abbia scritto che il messianismo è stato il dono che il popolo ebreo ha fatto al mondo. Se è un dono, tocca a noi, nel riceverlo, vedere in che cosa consiste e qual è il suo valore per noi.

Come ha spiegato il biblista Giuseppe Barbaglio in un lontano seminario della Scuola di antropologia «Vasti», non è vero che il giudaismo fosse permeato ovunque e sempre dall'attesa del messia, e che questi fosse una sola figura ben delineata, che i primi cristiani avrebbero facilmente individuato in Gesù. Si tratta, in realtà, di presupposti falsi: sia nella tradizione biblica che nel giudaismo del tempo l'attesa messianica non è stata né onnipresente, né focalizzata su un preciso personaggio, e neppure ha esaurito la speranza giudaica in un futuro di felicità. Per questo si è parlato, a ragione, di un messianismo senza messia, in cui confluivano le speranze di un popolo oppresso in cerca di redenzione, un popolo certo «dell'avvento, in un tempo futuro imprecisabile, di un mondo felice»[4], frutto di un mirabile scambio dell'uomo con Dio.

In questo senso il messianismo riguarda anche noi, non come passiva attesa di una salvezza che discenda dall'alto, ma come compito messianico ricadente su un soggetto collettivo, su un popolo, o sull'umanità intera. E questo ci porta a un confronto con lo stato della storia presente, di cui conosciamo bene la drammaticità e il rischio, nel momento più acuto del conflitto israelo-palestinese. È qui che la redenzione fallisce e si rovescia in catastrofe. Il dramma palestinese sfida le speranze del futuro, perché apparentemente senza soluzione. Esso si presenta infatti come un caso unico di ineluttabilità e impossibilità storica; magari anche se ne vede una soluzione, che è ragionevole e plausibile, come era stata pensata la soluzione dei due Stati, eppure proprio questa è preclusa; ed è proprio quando la disperazione è al colmo, quando la catastrofe incombe, che insorge l'istanza messianica. E si può forse aggiungere che la redenzione subisce questa torsione catastrofica quando è redenzione per gli uni e non per gli altri; quando, si potrebbe dire con la modernità, è la «redenzione

---

[4] Paolo Sacchi, *Storia del secondo tempio*, Società Editrice Internazionale, Torino 1994, p. 357.

di un solo Paese» e quella degli uni passa per la necessaria disperazione degli altri. Ma allora ciò vale non solo per la Palestina e Israele, vale anche per l'America, che evoca anch'essa il tema del messianismo; vale per l'alleanza del Nord che decreta la segregazione e la disperazione del Sud, vale per il mondo ricco già assuefatto all'idea che ancora nel 2030 la povertà estrema graverà su 600 milioni di persone; e vale per l'intero Occidente, che l'8 dicembre 2023 al Consiglio di sicurezza delle Nazioni Unite con i due voti, il contrario e l'astenuto, degli Stati Uniti e dell'Inghilterra, che hanno posto il veto alla risoluzione che chiedeva un cessate il fuoco umanitario, immediato e permanente, nella Striscia di Gaza, ha deciso che il genocidio fosse fatto in suo nome e ha perduto se stesso. Lì è finito l'Occidente con «i suoi valori», al quale sta pure bene, secondo l'ideologia occidentale della ragion di Stato e del sacrificio, che il popolo palestinese sia in permanenza offerto come vittima sacrificale per tutti.

E dunque ciò pone il tema di redimere la redenzione, di riscattare il riscatto, cioè di pensare in modo diverso il messianismo, come del resto Paolo aveva capito quando scrisse che la vita, il benessere, la pace, la sicurezza degli uni deve includere la vita, il benessere, la pace, la sicurezza degli altri. Altrimenti, se è fondata sulla disperazione degli altri, è la tragedia per tutti.

Un'emergenza messianica è data anche dal rovesciamento dei segni dei tempi – l'ascesa dei lavoratori, la dignità della donna, la liberazione dei popoli dominati, il ruolo dell'Onu, il senso comune dell'irrazionalità della guerra – che Papa Giovanni aveva indicato nella *Pacem in Terris* come segni che aprivano alla speranza del futuro e che oggi sono sotto scacco, che dunque si può intendere come scacco di speranze messianiche. E altro punto significativo, come mai prima, è la rivelazione del dolore del mondo, che mai si è manifestato tanto invasivo, così che si può parlare di una sofferenza messianica, di una crisi messianica.

Si tratta allora di vedere in che modo una ripresa del tema messianico, nella cultura e anche nella prassi di oggi, può essere feconda per trovare le risposte che cerchiamo; e lo facciamo seguendo la traccia suggerita dalla ricostruzione del tema messianico offerta dall'analisi di Gershom Scholem[5].

1. Anzitutto non ci interessa un messianismo inteso come ritorno a un radioso passato. Secondo Scholem nel messianismo sono presenti

---

[5] Gershom Scholem, *Concetti fondamentali dell'ebraismo*, Marietti 1966,

due tendenze o correnti: una è quella che punta alla restaurazione di un mitico Eden, al «ripristino di un originario stato di cose»; dunque qui si tratterebbe di una «speranza che si volta all'indietro» (Scholem p. 109). Non è questa che ci interessa, così come non ci interessa l'altra versione del messianismo che è utopica ma che scontando la chiusura della storia, passa attraverso una catastrofe, una fine, e sfocia nel pensiero apocalittico.

Contro la tesi del giovane Benjamin che faceva del messianico un'attesa della fine, un'esperienza del tramonto (da cui discendeva che è proprio della politica mondiale il nichilismo)[6] quello che ci interessa è il messianismo come esperienza di un inizio, come il parto di un mondo rinnovato.

2. Nemmeno vorremmo riferirci a un messianismo che è dilaniato tra l'ansia di un suo realizzarsi nella storia e l'angoscia del proprio inadempimento. Si tratta di quello scarto tra la speranza storica e la dura realtà e i fallimenti della vita reale che, secondo Scholem, avrebbe fatto della vita ebraica una vita in condizioni di rinvio, di differimento e quindi di irrealtà; questo sarebbe il prezzo, il costo pagato dagli

---

[6] Jacob Taubes, *La teologia politica di san Paolo*, Adelphi, Milano 1997, p. 135.

Ebrei al messianismo e anzi ogni tentativo di abbreviare questo differimento, portando l'idea messianica a compimento nella storia, sarebbe appunto catastrofico, come oggi si vede.

In effetti, è proprio l'esito catastrofico dei messianismi ciò che li fa tenere nel massimo sospetto; e questa è anche la ragione, si può credere, per cui la modernità ha espunto e neutralizzato il messianico. Tutto il libro di Giorgio Agamben, «Il tempo che resta»[7], è una analisi di come la modernità abbia inteso disinnescare e neutralizzare il messianismo.

Ciò che invece sarebbe interessante per noi è se possa darsi una fecondità dell'idea messianica senza catastrofe, ma anche senza differimento infinito; ci interessa cioè la domanda se c'è un'uscita storica dalla crisi.

3. È importante anche chiedersi se possa darsi una attualità del messianismo, un suo permanere, senza che esso svanisca in una pura interiorizzazione e spiritualizzazione; secondo Scholem questa è l'operazione fatta dal cristianesimo che ha tolto ogni dimensione storica e pubblica al messianismo, e l'avrebbe ridotto a pura fruizione individuale, a mera interiorità; i beni messianici ognuno se li coltiverebbe nel

---

[7] Giorgio Agamben, *Il tempo che resta. Un commento alla* «Lettera ai Romani», Bollati Boringhieri, Torino 2000.

proprio giardino interiore, magari celebrandoli nel culto e nella liturgia. Se questo fosse vero per il cristianesimo sarebbe uno scacco e un ritiro nell'impotenza storica.

Un certo ripiegamento della teologia della liberazione in America Latina potrebbe avere questa spiegazione.

D'altra parte il problema è di vedere come un'uscita dall'interiorità in vista di un'efficacia storica possa darsi in uno statuto di laicità, evitando la cattura del clericalismo e del temporalismo, che del messianismo sono una precisa negazione.

4. Altra questione è quella della identificazione di un'attualità del messianismo che non passi attraverso l'attesa e la costruzione di un messia. Noi sappiamo che nel messianismo profetico e nella Bibbia solo per un tratto la realizzazione delle speranze messianiche è stata legata alla attesa di un messia, identificato in un discendente della casa di David, un messia regale mandato per un solo popolo. Ma nella tradizione di Israele ci sono anche altre figure di messia, alcune delle quali sono anzi l'antitesi del messia regale, del condottiero, come la figura del servo sofferente, che poi si è vista realizzata nel Cristo; e c'è pure l'idea di un messia collettivo, di un corpus messianico formato dallo stesso popolo

su cui è sparso lo spirito di Dio, che poi sarebbe il caso del *Corpus Christi* nel senso paolino; quindi c'è un messianismo senza messia, dove i soggetti messianici sono collettivi, e dove il soggetto è l'umanità stessa come destinataria e concausa della redenzione.

5. C'è poi la questione dell'identificazione dei beni messianici. Interessanti per noi oggi non sono quei beni che consistessero in un rovesciamento della condizione umana, e dunque in una soppressione della morte, delle malattie, della povertà; questa sarebbe piuttosto la fine della storia e sfocia nell'escatologia; c'è invece una sobrietà dell'ideale messianico, che si realizza nella storia e che non è affatto abusivo assumere e perseguire; per esempio nella visione razionalista del medioevale Maimonide (morto nel 1204) il messianismo realizzato si riduceva a una autonomia di Israele, a una liberazione di Israele dalla sottomissione alle nazioni e alla sua libertà di adempiere alla Torah e di adire alla conoscenza di Dio (Scholem, p. 140), tutto il resto rimanendo immutato.

Per noi la sobrietà dell'ideale messianico può consistere (e sarebbe un meraviglioso approdo) nel conseguire il ristabilimento del diritto e della giustizia sulla terra e nell'instaurazione della pace, che sono degli ideali storici, alla portata delle capacità umane, tant'è che nel Novecento erano stati addirittura messi come fondamento e contenuto delle Costituzioni e del diritto; ideali che sono compatibili con i limiti della natura. E tra questi ideali messianici il più importante e in qualche modo riepilogativo di tutti, è l'unità di tutto il genere umano, l'unità e indivisibilità, nelle differenze, di tutta la famiglia umana. È questo l'ideale messianico espresso in Michea, nella visione di tutti i popoli che salgono a Gerusalemme, ciascuno dietro il suo Dio, ciò che, nel rigido monoteismo di Israele, era un'affermazione straordinaria.

6. Dovrebbe essere peraltro un dato peculiare del messianismo che il realizzarsi delle sue promesse, per quanto chiamato ad adempiersi sulla terra e nella storia, non sia ipotizzabile solo come frutto delle risorse e dell'intraprendenza umana, perché in tal caso non sarebbe che un'ideologia progressista come tante altre, ma contempla anche un'iniziativa di Dio, non programmabile né catturabile da qualsiasi religione o Chiesa, nei cui confronti quello che è richiesto agli uomini sarebbe un atteggiamento di invocazione, attesa e preparazione, come diceva l'ultimo Napoleoni.

Qui c'è una forzatura da fare rispetto allo spirito della modernità, una forzatura che peraltro non è illegittima, se è vero che la modernità è arrivata a una sua crisi epocale, a uno stadio in qualche modo terminale, e che oggi ci interroghiamo su quale altra modernità dobbiamo costruire; non sembra quindi illegittimo mettere in discussione, oggi, i pilastri della modernità.

La modernità si è costruita sulla celebre ipotesi di Grozio del 1625:

> «Come far funzionare il mondo "etiam si daremus non esse Deum"; anche se ammettessimo – cosa che non può farsi senza empietà gravissima – che Dio non esistesse o che egli non si occupasse dell'umanità».

Per un credente come Grozio, questa più che una ipotesi, era una finzione, una dimostrazione per assurdo; di fatto è accaduto che questa ipotesi è rimasta la sola in campo, e l'altra è stata esclusa, se non per la fruizione privata e interiore.

Ma se la modernità non ha considerato disdicevole fondare tutto su un'ipotesi, formulata addirittura come paradossale, perché non si dovrebbe lasciare come ipotesi anche l'ipotesi esclusa? Perché non si potrebbe viaggiare su ambedue le ipotesi? Perché non si potrebbero compiere azioni storicamente inefficaci, nutrire speranze anche disperate, proporsi obiettivi necessari anche se apparentemente impossibili, tentare vie anche inesperite, insomma tentare di far funzionare il mondo lasciando aperta come ipotesi anche l'ipotesi esclusa «etiam si daremus esse Deum», anche ammettendo, cosa che non può farsi senza grave scandalo, che Dio esistesse e che egli si occupasse dell'umanità? Tenere aperta questa ipotesi certo non dispenserebbe nessuno dal compito di seguire la ragione e perseguire l'azione laica e profana, ma forse conferirebbe nuove possibilità alla ragione e libererebbe altre azioni altrimenti precluse.

Perché è pur sempre di un inedito, di pensare cose non ancora pensate, di cercare cose ancora nascoste e di intraprendere cose sconosciute di cui la nuova modernità ha bisogno.

7. E infine c'è un ultimo punto su cui si potrebbe ragionare: a che servirebbe il messianismo del quale parliamo.

Ci sono almeno due ambiti nel quale esso avrebbe senso, e in tutti e due esso incontra la politica:

a. Si tratterebbe di dare orizzonte e dignità alla *resistenza*, al *resistere*, ben oltre ciò che la politica sembra oggi ammettere o consentire. Perché la resistenza, il resistere è il primo stadio dell'agire messianico.

Quando sono all'opera le forze della distruzione, quando viene tolto il diritto e nell'uomo senza diritto non sono ancora dischiuse forme di vita superiore, di libertà dalla legge, di uscita dalla necessità, ma sono imposti vincoli e schiavitù ancora peggiori, allora la prima risposta è la resistenza; ma nella prospettiva messianica essa non è fine a se stessa, non è solo patimento e negazione, ma è già il primo stadio della liberazione. Qui c'è quel passo della seconda lettera ai Tessalonicesi in cui si contempla l'insorgere dell'*anomos*, dell'uomo dell'anomia, dell'uomo senza legge, mal tradotto come anticristo, come anti-messia, di fronte al quale si erge un *katékon*, una forza frenante, una forza che trattiene, finché i beni messianici possano prevalere (2 *Tess* 2,7). Carl Schmitt dava di questa forza frenante una lettura molto partigiana, molto politica, identificandola nell'impero cristiano dei Re Germanici, che avrebbe fatto da freno all'irruzione del caos. Con la stessa legittimità noi possiamo parlare di altre resistenze, come a esempio del movimento no global, o di quello pacifista, che mentre professano lo slogan tipicamente messianico che «un altro mondo è possibile», si ergono come forza di resistenza di fronte ai poteri esistenti; e così potremmo parlare della resistenza dei magistrati alle usurpazioni degli esecutivi, e di ogni altra resistenza, compresa quella i cui toni messianici sono così evidenti, come la resistenza europea contro il nazi-fascismo, di cui ci sono rimasti straordinari documenti nelle lettere dei condannati a morte della Resistenza italiana ed europea.

E qui c'è anche quella parola del Vangelo di Luca, *upomoné,* che nella vulgata latina suona come pazienza, come sopportazione: «*In patientia vestra possidebitis animas vestras*», e che piuttosto significa *resistenza*, cioè «*nella resistenza, resistendo, guadagnerete la vostra vita*» (*Lc* 21,19).

b. L'altro ambito nel quale il messianismo può prendere rilevanza, è proprio quello di una assunzione come contenuto specifico del bene comune universale, e quindi della politica interna e internazionale, della ricostituzione dell'unità della intera comunità umana, oggi divisa dall'attuale corso della politica mondiale e dalla globalizzazione, in eletti ed esclusi.

Del resto la percezione dell'unità e indivisibilità del mondo, e della essenziale eguaglianza per natura di tutti gli esseri umani, è un'acquisizione relativamente recente della cultura occidentale. Dall'antropologia signorile, di signori e schiavi, della civiltà antica, fino all'ideal-tipo del negro, dell'indio, del proletario, delle donne, fino a Hegel, a Nietzsche, a Spencer, a Croce, al nazismo, la cultura occidentale (ma anche quella indiana delle caste) ha elaborato l'ideologia di una disparità per natura tra gli esseri umani, fino alla divisione attuale tra noi e loro, tra i salvati e i naufraghi, tra gli accolti e i respinti, tra quelli che hanno impresso sulla fronte il marchio della bestia di cui parla l'Apocalisse, e quelli che sono scartati nella attuale società dello scambio (*Ap*. 13,16-17), e il cui marchio magari si rintraccia nell'attuale «identificazione facciale».

Su questa divisione il mondo è perduto; di fronte a questo dramma storico della divisione che sta portando alla distruzione, che ha già portato alla guerra permanente, davvero i piccoli rimedi non bastano più, non bastano le risorse che ci mette a disposizione il senso comune, la cultura corrente.

Ci vuole una grande operazione culturale, politica, etica, religiosa, simile a quella fatta da Paolo dinanzi alla crisi del popolo ebreo e a quella, che già si annunciava, dello stesso mondo antico.

Certo, le categorie con cui abbiamo oggi a che fare sono diverse da quelle di allora, e perciò pure le risposte. Ma il problema è analogo a quello di allora.

Per gli Ebrei, e perciò per Paolo, l'umanità si divideva in Ebrei e Gentili, ma accanto a questa divisione c'era anche la divisione tra *cives* e non *cives*, tra Romani e Barbari, tra liberi e schiavi. Tutti i primi termini di queste contrapposizioni dialettiche erano i beneficiari di una elezione; erano *pars sancta*, eletti non a causa delle loro opere, ma per nascita: si nasce Giudei, si nasce *cives*, si nasce Romani, si nasce liberi. Il mondo è scisso, è frantumato fin dalla sua radice.

Paolo si pone questo compito enorme, di rompere la elezione, di estenderla a tutti: nel tempo messianico che ha già fatto irruzione, non ci sono scarti, non ci sono esuberi, non ci sono deboli, malriusciti e nemmeno peccatori e incirconcisi che siano esclusi dall'elezione: *perché tutti sono conosciuti da Dio, tutti predestinati, tutti chiamati, tutti giustificati, tutti glorificati* (*Rom*. 8,28 seg.).

Questo afferma Paolo, e per questo Nietzsche non lo può soffrire. Paolo dice: per fortuna non c'è solo la legge, perché solo con la legge (che giudica ma non giustifica), solo col *nomos* (che fonda la schiavitù e il signore), solo con la *lex* (che divide tra Romani e Barbari), Israele e il mondo sarebbero perduti.

Ma per fortuna c'è un'altra cosa, che Paolo identifica nella fede, cioè c'è un altro ordine rispetto a quello della legge che esclude, un ordine che invece include, che legittima, che fonda l'unità tra tutti; un altro ordine che non è il semplice sviluppo del mondo dato, che non è una semplice glossa, sia pure migliorativa, della pagina già edita, ma è un'altra pagina, che contiene una novità, che apre a un mondo altro, a un altro possibile mondo, nel quale tutti i popoli e anche tutto Israele (*pàs Israel*) sono chiamati a convivere.

Franco Rodano ha detto che non c'era un'antropologia adeguata a questo disegno, e che perciò quella assunzione di un'eguaglianza assoluta tra tutti gli esseri umani non si è potuta realizzare. E tuttavia oggi questo progetto, appartenente alla tradizione messianica, di una attuazione dell'unità di tutta la comunità umana, è storicamente necessario e si pone come il contenuto e il fine, alternativo e più alto, della politica moderna.

Gaza delle Genti

Tutto ciò vissuto e pensato siamo arrivati al primo Natale di vendetta e di guerra in Palestina. Un Natale doloroso, che a Betlemme non si è neppure potuto celebrare con i consueti riti. E come sarebbe stato possibile se Betlemme è separata dal resto della Palestina da un muro alto otto metri, e se gli operatori stranieri che hanno voluto andarci lo hanno potuto fare solo sotto scorta e con un permesso israeliano? Per questo le Chiese cristiane di Gerusalemme avevano avvertito i fedeli che quest'anno non si sarebbe celebrato il Natale a Betlemme, non con le consuete liturgie, con i pellegrinaggi, e con tutte le luci e i segni di gioia.

E col Natale sono arrivate anche le riflessioni e i bilanci sulla catastrofe in corso, a questo punto della nostra storia.

La prima catastrofe è quella della politica. Ne hanno mostrato la portata le rivelazioni venute da Israele. Il quotidiano *Haaretz* e il *Channel 12 News* hanno dato la notizia che lo Shin

Bet, il servizio segreto israeliano per l'interno, aveva saputo in anticipo che Hamas stava allestendo un attacco "significativo" a Gaza, mentre il famoso e accreditato giornalista americano Seymour Hersh ha scritto di aver appreso da un funzionario israeliano che Netanyahu aveva "visto e letto" le anticipazioni sull'attacco palestinese. Il *New York Times* da parte sua già a novembre aveva parlato di questa informazione che sarebbe stata in mano a Israele. L'ex responsabile italiano del controspionaggio e del contrasto alla criminalità organizzata transnazionale, Marco Mancini, aveva a sua volta spiegato a *La 7* TV che era impossibile che Israele non si fosse accorta che Hamas stava preparando un attacco, dato che vi stava per impiegare visibilissimi alianti a motore; e come poi si è visto sono stati impiegati anche robusti bulldozer per aprire i varchi nella recinzione del confine. A ciò si può accostare quanto sostenuto da Hamas, che gli attaccanti intendevano prendere ostaggi per riaprire la partita con Israele, e aspettandosi di incontrare una forte resistenza, avevano messo in campo molti uomini, scontando di perderne un gran numero (sarebbero stati i "martiri"); invece non hanno trovato difese, mentre attraverso i varchi così aperti hanno fatto irruzione molti altri palestinesi prossimi al confine che, inferociti per i lunghi tormenti subiti a opera del nemico, si sono abbandonati alla strage.

Che Netanyahu avesse adottato la politica di non contrastare Hamas per indebolire l'autorità palestinese a Ramallah e porre fine all'idea stessa di uno Stato palestinese, era del resto cosa risaputa da tempo: un Netanyahu che, per la sua lunga permanenza al potere, era riconosciuto come espressione autentica della perenne politica del governo d'Israele. Resta da chiarire il motivo per cui egli, pur essendone a conoscenza, non abbia impedito l'azione terroristica a Gaza, di cui forse a causa del pregiudizio sulla debolezza palestinese e di Hamas non aveva previsto la portata; e la ragione non può essere stata per lui se non la "ragion di Stato" volta a provocare, grazie a quell'azione, il *casus belli* che gli permettesse di sferrare l'offensiva finale per chiudere la "questione palestinese". Accusato perciò anche in patria del disastro, Netanyahu ha risposto portando fino alle estreme conseguenze l'eccidio a Gaza, una "guerra" che a più riprese ha dichiarato di voler continuare per "molti mesi", vantando dinanzi agli elettori la sua determinazione a resistere alle pressioni internazionali, come chi non voglia abbandonare la preda fino a che non sia consumata. Ed evocando egli stesso l'immagine del genocidio, ha risposto duramente a Erdogan che lo accusava di comportamenti alla Hitler, rinfacciandogli il genocidio dei Curdi perpetrato dalla Turchia. Invano la Casa Bianca ha cercato di fermarlo; e a questo punto si è aggiunta la catastrofe della politica degli Stati Uniti, che dopo l'esortazione di Biden a non ripetere "l'errore" fatto dagli americani dopo l'11 settembre, hanno votato all'Onu contro la tregua, mentre lo stesso Biden, dopo una lunga infruttuosa telefonata con Netanyahu, penosamente dichiarava trattarsi di una "conversazione privata" e di non avere chiesto al premier israeliano il "cessate il fuoco".

Quanto a catastrofi, non meno grave si è rivelata la catastrofe politica dell'Ucraina, a cui si è fatto credere di poter sconfiggere la Russia riconquistando la Crimea ed entrando nella Nato, e che ora si trova sconfitta, con un popolo mandato al sacrificio dai suoi stessi governanti, gli Alleati stanchi di lei, senza più l'affidamento dei dollari americani e delle relative armi, che deve perciò implorare dall'Europa, a sua volta impeditane dal veto di Orban.

E in tutto ciò si è consumata la catastrofe politica dell'Europa, incapace di una sua decisione autonoma, e dell'Occidente, in crisi di identità. Plagiato da un sistema informativo che ha impedito alle opinioni pubbliche di discernere e capire gli eventi, esso ha perduto ogni credibilità proprio quando pretendeva di vantare la superiorità dei propri valori e di estendere il suo dominio sulle autocrazie e sul "resto del mondo".

Ma proprio da queste catastrofi politiche è venuta una rivelazione, un'"apocalisse" come la chiama la Bibbia, che se colta può significare la salvezza. Ed è che la guerra non è solo un «Viaggio senza meta, sconfitta senza vincitori, follia senza scuse», come ha detto papa Francesco nel suo messaggio di Natale. È anche e soprattutto un suicidio per chi la progetta, la intraprende e la protrae, prima ancora di sconfiggere il nemico o votarlo al genocidio, mentre la stessa vittoria si rovescia in sconfitta; ciò è avvenuto con la Germania nazista, avviene ora con gli Stati Uniti e con la Nato, avviene con Israele, avviene con l'Ucraina. Dovrebbe essere questo l'argomento decisivo per uscire dal sistema di guerra. Guerra e vita "*duello conflixere mirando*", come dice l'antica Sequenza. Una terza possibilità non è data. L'istinto di guerra e l'istinto di vita sono giunti al culmine del conflitto. Le cosiddette democrazie e le cosiddette autocrazie sono perciò tutte sull'orlo del baratro. Dipende dal rapporto che in ultima istanza decidono di instaurare tra loro.

Il problema non è di negare che le diverse entità, i diversi Stati, i diversi popoli del mondo, siano in competizione tra loro, una cosa che in una civiltà di carattere dialettico come la nostra è inevitabile. Questa competizione può essere una competizione politica, una competizione economica, una competizione culturale, e questo è legittimo, e nella misura in cui non raggiunga forme di parossismo o di violenza, è del tutto naturale. Ciò che invece è da escludere è che questa competizione debba essere una "competizione strategica" di carattere militare, come la teorizzano ormai da anni i documenti sulla "sicurezza nazionale degli Stati Uniti" e sulla loro "difesa", pubblicati dalla Casa Bianca e dal Pentagono. Se la competizione strategica tra le grandi Potenze è pensata per essere decisa sul piano militare, alla fine non ci può essere che il conflitto mondiale, nel quale la follia sarà umana, l'intelligenza sarà artificiale. Già il passaggio intermedio è stato varcato: il sistema giuridico internazionale è stato distrutto, le leggi sono rimaste, il diritto è sparito. La competizione strategica militare ha fatto sì che si sia spezzata quella struttura inventata dopo la Seconda guerra mondiale, che era il Consiglio di sicurezza delle Nazioni Unite, in cui i cinque Paesi – Stati Uniti, Gran Bretagna, Francia, Russia e

Cina – che avevano combattuto insieme il nazismo e avevano vinto quella guerra, si erano impegnati ad assumere la responsabilità della pace e della sicurezza nel mondo. Dal momento che questi Paesi sono divisi da una sfida a oltranza in cui l'uno è la vittima designata dell'altro, tutto il sistema giuridico internazionale è crollato.

Perciò si deve uscire da questa sindrome della competizione militare strategica. Lo devono fare gli Stati Uniti che hanno adottato questo modello come normativo per tutti (il "mondo unipolare" contro il mondo "multipolare", come dicono i loro avversari): per questo si armano, come nessun altro al mondo, perché, come essi dicono, nessuno deve avere una potenza non solo superiore alla loro, ma nemmeno eguale alla loro. E lo devono fare anche gli altri che molto più deboli degli Stati Uniti, in questa competizione militare strategica sarebbero travolti. E il mondo tutto, come Gaza, con loro.

Perché proprio da Gaza è venuta la lezione. Qui la catastrofe umanitaria ha raggiunto livelli di sofferenza inauditi. Hamas ha dato le cifre degli uccisi fino ai giorni di Natale: 21.110 palestinesi tra cui 8.800 bambini, 6.300 donne, 3.111 medici e personale sanitario; morti anche 40 addetti alla protezione civile e più di 100 giornalisti. 7.000 persone risultavano disperse, 55.243 ferite, 92 scuole e università, 115 moschee e tre chiese erano state distrutte insieme a decine di migliaia di case, 23 ospedali e 53 centri medici resi non più operativi, 102 ambulanze erano state attaccate, e l'intera popolazione era errante, senza luoghi in cui riparare.

A incrementare le dimensioni del disastro ha concorso il fatto che a Gaza è stata messa in campo una guerra mai vista prima. Quelle tradizionali erano sfide estreme condotte da uomini usciti dalle accademie militari, questa è stata piuttosto una discarica di morte prodotta dalla Intelligenza Artificiale, una macchina tecnologica dotata di memoria ma non di ragione e tanto meno di moralità e di sentimenti.

Come ha riferito Riccardo Gullotta nel sito "Chiesa di tutti Chiesa dei poveri",

> «si chiama Habsora (che vuol dire "Vangelo") il sistema di Intelligenza Artificiale impiegato da Israele a Gaza per rendere più performante e rapida l'ecatombe palestinese. Uno dei suoi effetti è stato il raddoppio degli obiettivi da colpire, tra cui i matarot otzem, i bersagli importanti, decisi dagli algoritmi mediante una quantità impressionante di dati raccolti meticolosamente da tempo dalla Intelligence israeliana. Si tratta di un giro di boa dalle conseguenze ancora imprevedibili sotto molti aspetti, non solo militari – ha scritto l'articolista.

– A scegliere e decidere chi deve morire è un superautoma. Un'informazione da sola può rendere l'idea degli ordini di grandezza di cui si parla. La si raccoglie dall'intervista rilasciata dal generale Aviv Kochavi, già Capo di stato maggiore delle Forze armate israeliane al quotidiano *Ynet* il 30 giugno 2023: "Nell'Operazione Guardian of the Walls [nome del conflitto tra Israele e Hamas a Gaza nel maggio 2021], questa macchina dopo l'attivazione generava 100 nuovi bersagli ogni giorno. Nel passato avremmo prodotto a Gaza solo 50 obiettivi in un anno. Ora questa macchina ha creato 100 obiettivi in un solo giorno, il 50% dei quali sono stati attaccati". Oggi quindi la "Combat effectiveness" raggiunta con il "Vangelo" è oltre 300 volte rispetto a pochi anni fa, cioè la capacità di colpire e uccidere è stata potenziata di 300 volte, a parità di altri fattori. Il rischio che viene da ciò, oltre lo scempio compiutosi a Gaza, è la progressiva ibridazione del sistema militare-industriale con il sistema economico-sociale, con effetti devastanti sull'intera figura della società».

Questa nuova soglia superata dall'"arte della guerra" (*Isaia*, 2, 4) ha moltiplicato il tormento di Gaza. Come ha scritto *la Repubblica* il 29 dicembre in un suo servizio da Rafah:

«Nuovi profughi si sono spinti fin qui, nell'estrema punta meridionale della Striscia, sebbene ormai non ci sia più posto, schiacciati

> come siamo gli uni sugli altri. Un fiume umano che l'esercito di Israele alimenta continuando ad attaccare edifici civili nel centro della Striscia [...]. Vogliono strizzare qui a Rafah l'intera popolazione sopravvissuta agli attacchi: siamo ormai circa un milione e mezzo di persone in una cittadina dove prima della guerra ne vivevano meno di centomila e nulla basta per così tanta gente [...]. La disperazione è sovrana. La gente è al limite della sopportazione. La fine dell'anno si avvicina. E sempre più gente dice che con il 2023 finirà anche l'esistenza di Gaza. Israele vuole cancellarci, disperderci. Ce l'hanno quasi fatta».

No, non è così. Se abbiamo pianto su Gerusalemme, che non ha conosciuto le vie della pace, piangiamo ora su Gaza. Dalla sua resistenza e dal suo dolore potrà scaturire un nuovo "mai più". E se da Gerusalemme, la città santa discesa dal cielo, i popoli aspettavano la salvezza, ecco ora il segno ne sorge invece da Gaza, la città crocefissa per essere cancellata, la serva sofferente, corona del martirio dei popoli oppressi, Gaza delle Genti.

bordeauxedizioni.it
follow us

Finito di stampare nel mese di gennaio 2024
presso Plan.ed srl – Roma